너의 여행을 응원해!

너의 여행을 응원해!

아이와 함께 유럽 한 달 살기 - 파리

스윗조이, 강정원(딸)

너의 여행을 응원해!
아이와 함께 유럽 한 달 살기 - 파리

발 행 | 2023년 10월 26일
저 자 | 스윗조이, 강정원(딸)
펴낸이 | 한건희
펴낸곳 | 주식회사 부크크
출판사등록 | 2014.07.15(제2014-16호)
주 소 | 서울특별시 금천구 가산디지털1로 119 SK트윈타워 A동 305호
전 화 | 1670-8316
이메일 | info@bookk.co.kr

ISBN | 979-11-410-4881-5

www.bookk.co.kr

너의 여행을 응원해!

아이와 함께 유럽 한 달 살기 - 파리

스윗조이 / 강정원(딸)

'한 달 살기'를

꿈꾸는

모든 분들께

들어가는 말

TV를 켜면 여행 관련 방송이 많이 나옵니다. 현지를 소개하는 프로그램, 연예인들이 각본 없이 실제 여행하는 모습을 보여주는 리얼리티 프로그램도 많이 생겨났어요. 뿐만인가요, 너도 나도 개인방송을 통해 전 세계 구석구석 여행지와 먹거리를 소개해요.

이렇게 미디어를 통해 해외 여러 나라들을 수시로 접하다 보니 여기도 좋아 보이고 저기도 가보고 싶고, 마음은 하루에도 몇 번씩 비행기를 탑니다.

하지만 현실은 어떤 가요. 빡빡한 아이 학업 스케쥴과 달력에 가득한 집안 대소사, 챙겨야 할 가족들, 적지 않은 여행경비와 낯섦에 대한 두려움 등등 떠나지 못할 이유가 너무 많습니다.

'그럼 나는 언제 갈 수 있을까?'

여행은 시간, 돈, 추진력 삼박자가 맞아 떨어져야 하는 것인데, 생각해보면 다 갖춰져서 여행을 간 적은 없었던 것 같습니다. 시간이 많을 때는 경제적으로 빠듯했고, 돈이 생겼을 때는 늘 여행갈 틈 없이 바빴어요. 아이가 어리면 어려서, 크면 학업 때문에, 돈이 없으면 없어서, 생기면 다른 써야할 일이 생겨서. 그렇게 여행은 자꾸 뒤로 밀리게 되지요. 앞으로 시간과 경제적 여유가 더 생긴다는 보장이 있을까요?

그래서 여행은 건강한 몸과 떠나고자 하는 마음이 있을 때 떠나는 것이 맞나 봅니다. 계획을 잡아 시간을 조정하고 여행경비를 모으며 천천히 준비하면 되니까요.

이렇게 큰 소리 치듯 여행을 권하는 저 역시 떠나기 전에는 가고 싶다는 마음과 막연한 두려움 사이에서 끊임없이 갈등했어요. 무엇보다 아이와 함께 해외에서 '한 달 살기'를 한다는 것은 결코 쉽지 않은 일이며 큰 용기가 필요했거든요.

하지만 여행을 마치고 나면 그만큼 보람이 크기도 합니다.

여행을 통해 아이는 작은 우물 안에서 밖으로 나와 훨씬 더 큰 세계관을 가지게 될 것이고, 여러 나라 여러 인종의 친구들을 만나며, 일상과 다른 경험들을 통해 자연스럽게 다양성을 인정하고 포용하게 될 테니까요.

'너의 여행을 응원해! 아이와 함께 유럽 여행 - 런던'편 에서도 말씀드린 것처럼 꼭 비싼 비용을 지불하며 먼 나라로 여행을 떠나는 것만이 아이를 위해 해줄 수 있는 최선이라고 생각하지는 않아요. 무한한 가능성이 열린 아이들에게 많은 경험의 기회를 주기 위해 저는 여행을 선택했고, 그 작은 과정에서 겪고 느낀 모든 것들을 이 책에 담았습니다. 사소한 여행의 기록이지만, 아이와 함께 파리 여행 혹은 유럽 한 달 살기를 꿈꾸고 계획하는 분들께 도움이 되었으면 좋겠습니다.

여행을 다녀온 후 그저 좋았던 기억으로 끝나지 않고 책으로 기록을 남길 수 있게 도와 주신 ′설렘인생′님께 진심으로 감사드립니다. 덕분에 저도 아이도, 평생 진한 여행의 추억을 가지고 살게 되었네요.

아이와 함께 하는 여행이라서 색다르고 생동감 넘치고 더 재미있었던 유럽 한 달 살기 ′파리′편 시작해 보겠습니다.

CONTENTS

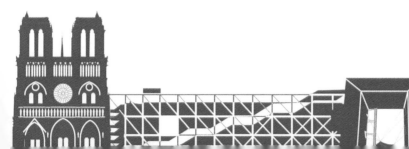

PART3 파리 여행을 마치며

PART1

여행준비

제1장 한 달 살기 나도 가볼까?

01 한 달 살기의 7가지 이유

예전에는 단기간의 관광이나 휴가와는 조금 다르게 먼 나라로 긴 여행을 갈 때 '배낭여행'이라는 표현을 많이 썼다. 그런데 "여행은 살아보는 거야"라는 에어비앤비의 광고가 나오면서부터 길게는 몇 주에서 한 달 이상 다른 나라의 문화와 일상을 진짜로 체험하는 스타일의 '한 달 살기'가 여행의 트렌드가 되었다.

한 달 살기는 주로 젊은 세대나 새로운 경험을 원하는 사람들 사이에서 인기가 높다. 여행만 하는 것이 아니라 일부분의 시간을 그냥 쉬거나 아무것도 하지 않으면서 그 나라의 생활을 더욱 깊게 이해하고 경험할 수 있다는 특징이 있다.

이런 스타일의 여행은 여러 이유로 인기를 끌었는데, 먼저, 다양한 문화와 사람들을 접하며 세계를 더 넓게 보는 기회를 제공한다. 또한 외국어를 배우거나 개선하고, 국제적인 친구들을 사귈 수도 있다.

문화 및 언어 습득
한 달의 시간 동안 아이들은 다른 나라의 문화와 언어를 더 깊게 체험하고 배울 수 있다. 여행 기간이 충분히 길면 현지에서 일상 생활을 함께 하면서 언어를 배우고 지역 문화에 적응할 기회가 늘어난다.

교육적 경험
한 달 동안의 여행은 교육적인 면에서도 큰 장점을 가진다. 아이들은 다양한 문화체험을 통해 역사, 미술, 음식, 음악 등을 배울 수 있다.

긴 여행의 가치
단기간의 여행보다 한 달이나 그 이상의 긴 기간의 여행은 일상에서 벗어나 새로운 환경을 체험하고, 실제로 '살아보는' 경험을 할 수 있다. 이는 아이들의 성장과 배움에 큰 도움이 된다.

적응력 향상

한 달 동안의 여행은 아이들에게 다양한 환경에서 적응 능력을 기르는데 도움을 줄 수 있다. 다른 나라의 일상을 체험하며 아이들은 변화에 대한 긍정적인 마음가짐과 탄력성을 키우게 된다.

자아 발견과 성장

긴 여행은 아이들이 자아를 발견하고 성장할 수 있는 기회를 제공한다. 새로운 환경에서 자신의 능력을 시험해보고 새로운 경험을 통해 자신을 발전시킬 수 있다.

가족과의 연결

긴 여행은 가족 구성원들 간의 연결을 강화시킬 수 있는 기회가 된다. 함께 겪는 경험은 가족의 유대감을 더욱 깊게 만들 수 있다.

길지도 짧지도 않은 4주

마지막으로 한 달이 딱 좋은 이유는 아이의 방학기간에 맞

취 여행을 계획하기에 한 달 정도가 무난하기 때문이다.

 또 긴 여행의 장점이 아무리 많다고는 하나, 집 떠나 낯선 잠자리, 낯선 음식이 길어지다 보면 어느새 어른도 아이들도 여행의 피로가 쌓이게 된다. '과유불급(**過猶不及**)'이라고 충분히 즐기고 조금 아쉬운 시점에 집으로 돌아오면 즐거운 기억과 다음 여행에 대한 기대를 가지고 여행을 마무리할 수 있다.

02 유럽 여행이 처음이라면

한국 사람들은 유럽을 꽤 좋아한다. 여러 이유가 있겠지만 다양한 문화, 역사, 음식, 자연, 예술 등 다양한 매력을 경험할 수 있는 유럽 대륙의 특성 때문일 것이다.

지리적으로도 지구 반대쪽에 위치한 유럽은, 언젠가 꼭 가보고 싶은 곳으로 꼽히기도 한다. 지도를 펼쳐 놓고 봐도 유럽은 동서남북 어디 하나 빠지지 않는 아름다운 나라들이 모여 있어 딱 한 나라를 고르는 것이 쉽지 않다.

유럽 여행을 처음 계획할 때, 가고 싶은 곳이 너무 많아서 목적지를 선택하지 못하는 나에게 누군가 그랬다.

"남들이 다 가는 데는 이유가 있다."고. 물론 파리는 에펠탑 하나만으로도 세계적으로 유명한 도시이지만, 유럽여행의 상징적인 도시로 여겨지는 데에는 그만한 이유가 있다는 얘기다.

 나 역시 유럽 여행이 처음이라면 '파리'라는 의견에 동의한다. 파리 특유의 로맨틱한 분위기와 아름다운 건축물들, 고요한 강이 함께 어우러져 뿜어내는 유럽 감성이 여행자들을 사로잡는다.

 또 문화와 예술의 중심지로 유명한 박물관, 미술관, 역사적 의미가 깊은 명소와 건축물을 보유하고 있어 문화적인 즐거움도 제공한다.

 뿐만 아니라 여행에서 음식을 빼놓을 수 없는데, 프랑스 요리와 와인, 베이커리, 치즈 등을 즐길 수 있다는 점 역시 여행자들에게 큰 매력이다.

03 모두가 사랑하는 도시, 파리(Paris)

′ 파리(Paris)′는 프랑스(France)의 수도이자 최대도시로 경제, 문화, 정치, 외교 등 많은 분야에서 세계적인 영향력을 가진 도시이다. 파리는 오랜 역사에서 비롯한 예술과 패션과 유행을 선도하는 도시로, 샤넬, 에르메스, 루이비통, 디올 등 유수의 명품 브랜드 본사들이 위치한 세계적인 대도시이다.

프랑스 북부에 위치한 파리는 전체적인 기후가 남프랑스에 비해 칙칙한 편이다. 런던, 프랑크푸르트, 암스테르담 등지와 비슷한 전형적인 서유럽의 기후를 보여준다.

연 평균 기온은 12.8℃로 연교차가 작은 편이라 겨울은 부산보다 따뜻하고 여름은 모스크바나 강원도 대관령과 비슷한 시원한 날씨를 보인다. 강수량은 계절 상관없이 고르게 오는 편이며, 연중 여행하기 좋은 도시이지만 특히 6월 하지 즈음에는 서머타임으로 밤 10시에도 환해서 여유롭게 관광하기에 더욱 좋다.

파리는 2천 년이 넘는 역사를 가지고 있는 도시이다. 프랑스 혁명, 나폴레옹 통치, 백년전쟁, 세계대전 등 도시 곳곳에 남아 있는 역사적인 흔적들을 찾아볼 수 있다.

아름다운 랜드마크와 역사적인 장소

파리는 세계에서 가장 아름다운 랜드마크 중 하나인 에펠탑을 비롯해 노트르담 대성당, 루브르박물관, 몽마르트언덕 등 다양한 명소가 있다. 이들 장소는 파리의 역사와 문화를 반영하여 유럽 여행을 시작하는데 훌륭한 출발점이 된다.

문화와 예술의 중심지

파리는 미술관, 박물관, 오페라극장 등 다양한 문화와 예술의 장소가 모여 있는 도시이다. 루브르박물관이나 오르세 미술관을 방문해 세계적으로 유명하고 소중한 예술품과 역사적 유물을 감상할 수 있으며, 생생한 오페라 공연을 감상할 수 있다.

로맨틱한 분위기

파리만의 로맨틱한 분위기를 꼽지 않을 수 없다. 이 분위기는 인위적으로 만들어 내거나 흉내낼 수 없는 것이라 여행자들에게 더 깊이 느껴지는듯 하다. 세느강을 따라 산책을 하거나 높은 곳에 올라가 일몰을 감상하는 것만으로도 파리지엔이 된 것 같은 묘한 기분을 경험할 수 있다.

다양한 음식과 와인 문화

프랑스는 미식의 나라로 유명하며, 파리는 다양한 맛과 풍미를 즐길 수 있는 레스토랑, 카페, 베이커리가 풍부하다. 프랑스 요리와 와인을 맛보는 것은 파리 여행의 큰 즐거움 중 하나이다.

다양한 경험과 활동

파리는 다양한 경험과 활동을 즐길 수 있는 도시이다. 예를 들어서 세느강에서 크루즈를 타거나 유명 브랜드 쇼핑을 즐기는 것도 좋은 선택이다. 또 문화적인 이벤트나 공연을 참여하며 현지 문화를 체험할 수 있다.

방문하기 쉬운 교통 시스템

파리는 교통 시스템이 비교적 촘촘하게 잘 되어 있어서 이동이 편리하다. 지하철과 버스를 이용해 시내 구석구석뿐만 아니라 다양한 지역을 쉽게 방문할 수 있으며, 주요 관광지들이 가까운 거리에 밀집되어 있어 효율적인 여행이 가능하다.

유럽 여행의 출발점

파리는 국제 항공 노선이 많이 운영되며, 다른 유럽 도시로의 이동이 편리하다. 이러한 점은 첫 유럽여행을 계획하는 사람들에게 특히 유용하다.

내가 첫 유럽 여행지로 파리를 추천하는 이유, 그리고 파리에 가본 사람이나 앞으로 갈 사람이나 모두가 파리를 사랑하는 이유가 바로 여기에 있다.

그 밖의 정보

화폐 : 유로(Euro)

전원 : 220V(한국과 동일)

시차 : 8시간 느림. 3~10월은 섬머타임으로 7시간 차이

제2장 떠날 준비

01 항공 숙소 투어 예약

여행 준비에 관한 내용은 '너의 여행을 응원해! 아이와 함께 유럽여행 - 런던'편과 다소 중복될 수 있으므로 간단히 요점만 정리하려고 한다.

여행에서 가장 큰 비용을 차지하는 부분이 항공과 숙소이다. 따라서 항공, 숙소를 얼마나 좋은 가격에 예약했는가에 따라 총 여행경비가 크게 달라진다.

먼저 항공권은 여행하는 시기와 예약 시점에 따라 가격 편차가 큰 편이다. 함께 여행하는 동반자수를 감안했을 때 10~20만원의 가격 차이도 큰 금액이 될 수 있다. 따라서 어떻게든 항공권은 저렴하게 확보해야 한다.

항공권을 저렴하게 구하는 몇 가지 방법은 다음과 같다.

조기예약

항공권은 보통 출발일이 가까워질수록 가격이 올라간다. 따라서 남들보다 먼저 예약할수록 저렴한 가격으로 항공권을 구할 수 있다. 특히 한 달 살기와 같은 장기 여행은 즉흥적으로 떠나기 보다 최소 6개월, 보통은 1년 전부터 준비하는 분들도 많다. 시기와 목적지가 정해졌다면 항공권부터 예약할 것.

유연한 날짜 선택

항공권 가격은 날짜와 시기에 따라 달라진다. 모두가 여행을 떠나는 성수기나 해당 지역의 축제, 행사가 있는 시기에는 당연히 높은 가격을 지불할 수밖에 없다. 따라서 꼭 정해진 시기가 아니라면 비수기를 선택하는 것이 좋다. 또 같은 시기더라도 요일에 따라 가격이 다르므로 출발일과 도착일을 조금씩 조정하거나 비행 요일을 고려하여 유연한 일정을 선택하면 더 저렴한 항공권을 찾을 수 있다.

가격 비교 사이트 활용

스카이스캐너(Skyscanner), 카약(Kayak), 구글 플라이츠(Google Flights)와 같은 가격 비교 사이트를 활용하는 방법이다. 마일리지 적립이나 티어 유지를 위해 특정 항공사를 이용하는 것이 아니라면 요즘은 다들 가격 비교를 통해 저렴한 항공권을 찾기 때문에 특별히 팁이라고 할 수는 없지만, 나는 조금 다른 방법으로 가격 비교 사이트를 이용하고 있어 소개하려고 한다.

가격 비교 사이트에서 같은 시기, 같은 목적지를 반복 검색하면 항공권 가격이 점점 올라가는 이상한 경험을 해봤을 것이다. 내 검색 기록이 사이트에 남기 때문이다. 나는 크롬에서 '시크릿모드'를 열고 로그인 없이 항공권을 검색한다. 그러면 기록이 남지 않아 매번 최저가를 확인할 수 있다.

가격 추적 설정

매번 새롭게 검색하고 비교하기가 어려운 경우에는 시기와 지역을 특정해서 추적 설정을 해두면, 설정 항공권의 가격 변동을 알림으로 받을 수 있다.

경유 항공권 고려

중간에 다른 나라나 도시를 들러 가는 경유 항공편은 대체로 직항보다 저렴하다. 나도 개인적으로는 먼 나라를 여행할 때 환승편도 함께 검색하는 편이다. 장시간 비행이라 중간에 끊어가는 것이 덜 지루하기도 하고, 또 다른 여행지를 잠시라도 경험할 수 있는 기회가 되기도 하기 때문이다.

하지만 환승 시간이 1시간 미만으로 너무 빠듯하다거나, 반대로 12시간 이상 혹은 하룻밤을 보내야 할만큼 너무 길면 예상치 못한 비용 지출과 에너지 낭비가 생길 수 있다. 특히 아이와 함께하는 여행에서는 최대한 동선을 줄이고 시간에 여유를 두는 것이 좋기 때문에 권하지 않는다.

숙박과 함께 예약

호텔과 항공권을 함께 예약하면 할인 혜택을 받을 수 있는 경우가 있다. 이용하는 여행사를 통해 할인 여부를 체크해 볼 수 있다.

마일리지 항공권

우리가 이번에 여행경비를 크게 줄일 수 있었던 것은 왕복 항공권을 마일리지로 예약했기 때문이다. 항공사 마일리지는 탑승 실적이나 신용카드 사용으로 적립이 가능한데, 여행을 좋아하는 우리는 가족 모두 항공사 마일리지로 적립되는 신용카드를 사용하고 있다.

마일리지 항공권(보너스 항공권)으로 예약을 하면 유류할증료, 공항세, 수수료만 지불하면 되기 때문에 유상 발권하는 것보다 절반 이상 비용을 아낄 수 있지만, 좌석 수가 적고 경쟁이 치열하다 보니 2인 이상 함께 확약될 확률이 낮다는 것이 단점이다. 일정이 유연하다면 여러 날짜와 시간을 대기예약으로 신청해 두고 예약자가 취소하기를 기다리는 방법이 있다. 하지만 대기예약만 믿고 기다렸다가 대기가 풀리지 않으면 출발 직전에 어쩔 수 없이 비싼 유상 항공권을 사야할 수도 있으니, 대안을 고려해 두어야 한다.

숙소 역시 날짜가 다가올수록 가격이 올라간다. 호텔, 에어비앤비, 게스트하우스, 호스텔 등 다양한 숙소 유형 중 선택하여 빠르게 지역을 정하고 숙소를 예약하는 것이 좋다. 성수기보다는 비수기, 시내 중심지보다는 조금 떨어진 지역, 단기보다는 장기 숙박이 저렴하다.

우리는 런던과 파리에서 모두 '홈스테이(Homestay)'를 이용했다. 6월, 여행하기 좋은 계절이지만 특별히 관광객이 몰리는 성수기는 아니었고, 파리 중심지에서 조금 벗어난 곳이지만 200미터 반경에 버스와 전철역이 있어 대중교통을 이용하기 편리했다. 또 숙소를 옮기지 않고 한 곳에 머물면서 장기 할인을 받아 보다 저렴하게 이용할 수 있었다.

여행 중 투어를 이용할 예정이라면 이 또한 미리 예약을 해놓아야 원하는 날짜에 이용할 수 있고 다른 일정에 차질이 없다.

시간적 여유가 있다고 해도, 개인적으로 방문하기에 어려운 곳이 있다. 대표적인 곳이 몽생미셸이다. 지베르니, 옹플뢰르와 같은, 파리 시내에서 차로 몇 시간씩 떨어졌고 대중교통이 여의치 않은 곳은 여행 플랫폼에서 제공하는 일일 투어를 추천한다.

또 아이들이 좋아하는 테마파크 '디즈니랜드'도 미리 날짜와 입장 시간을 지정해 예약하면 더 저렴하게 표를 구매할 수 있다.

그 밖에 스냅 촬영이나 박물관 도슨트 투어, 오페라 공연 등 날짜를 지정해야 하는 프로그램은 일정을 짜는 단계에서 미리 예약을 할 것. 아무리 '무계획'이 한 달 살기의 묘미라고는 하나, 모처럼의 여행이 더욱 알차고 의미 있도록 계획적인 무계획을 권하고 싶다.

02 파리 1구부터 20구까지, 숙소 정하기

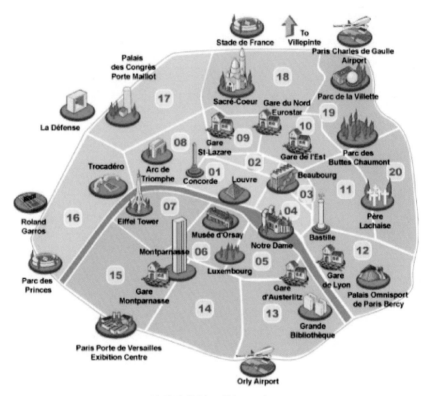

<이미지 출처: still-in-paris.com>

서울시가 25개의 구로 나눠진 것처럼 파리도 20개의 구로 나눠져있다. 파리 1존의 지도를 보면 루브르박물관이 있는 중심이 1구이고, 시계방향으로 달팽이처럼 돌아 20구까지 표시가 되어 있다.

대부분의 관광 명소는 1구~8구에 몰려 있는 편이라 그 안에 숙소를 정하는 것이 가장 편리하지만, 물가 비싼 파리에서 시내 중심가에 숙소를 잡는 것은 비용 부담이 크다.

각 구역별 특징과 가볼만한 관광 명소를 체크해 보고 어디에 숙소를 잡아서 어떤 동선으로 계획을 세울지 고민해 보자.

파리의 가장 중심인 1구는 '레알(Les Halles)지구'라고도 불리며, 루브르박물관, 튈르리공원, 오랑주리 미술관, 팔레 후아얄, 퐁네프다리 등이 여기 속한다.

2구는 오페라지구로, 파리 중심의 상업지구이다.

3구는 '마레(Marais)지구'로 피카소미술관과 같은 작은 미술관이나 문화시설이 있다. 특히 젊은 층이 좋아하는 유니크하고 감각적인 샵과 레스토랑들이 많이 모여 있어 힙한 동네로 유명하다.

4구는 시테(Cite)섬이 포함된 구역으로 퐁피두센터, 생샤펠, 노트르담 대성당, 콩시에르주리 등이 있다.

5구는 '라틴(Latin)지구'라 불리며 역사적인 유산과 교육 기관으로 유명한 지역이다. 팡테옹과 소르본 대학이 있다.

6구는 파리의 유명 대학들이 위치한 지역으로 박물관, 영화관, 카페 등 문화시설이 많다. 생제르망 데 프레(Saint-Germain-des-Prés)라는 지역은 역사적으로 문인과 예술가들이 모여 활동했던 곳인데, 지금도 그 당시의 카페와 레스토랑들이 그대로 영업중이다. 또 파리에서 가장 크고 아름다운 공원 중 하나인 뤽상부르 공원(Le Jardin du Luxembourg)이 6구에 위치해 있다.

7구는 에펠탑이 있는 파리의 가장 중심 지역으로 오르세미술관, 로댕미술관, 앵발리드, 샹드마르스 공원과 샤이오궁과 같은 유명한 관광지가 모여 있다. 에펠탑이 있는 만큼 관광객이 가장 많이 몰리는 지역 중 하나이다.

8구는 가장 고급스럽고 럭셔리한 상점, 호텔, 레스토랑, 미술관 등이 모여 있는 지역이다. 명품 브랜드와 쇼핑가로 유명한 샹젤리제 거리와 개선문, 그랑팔레와 프티팔레가 8구에 속한다.

9구는 주거지역과 상권 및 대중교통이 발달한 구역으로 가볼만한 곳으로는 오페라 가르니에(Opera Garnier), 쁘렝땅백화점(Printemps), 갤러리 라파예트백화점(Galeries Lafayette)이 있다.

10구는 파리 북역과 동역이 위치하며 이주민들이 많이 거주하는 지역이다. 10구 북쪽으로는 치안이 좋지 않은 것으로 알려져 있다.

11구는 3구 마레지구 동쪽에 붙은 지역으로 중저가 숙소가 많고 젊은층들이 많이 거주하는 특징이 있다.

파리 12구는 특이점은 없으나 리옹역(Gare de Lyon)에서 프랑스 주요 도시들과 스위스, 이탈리아 등을 연결하는 고속열차가 출도착하기 때문에 여행객들의 유동이 많다. 교통이 편리하고 관광객이 많아서 대체로 숙소는 가격대가 있는 편이다.

13구는 동양인이 많이 사는 지역인데 특히 중국인들이 많고 차이나타운이 위치해 있다.

14구에는 몽파르나스타워가 있다. 대중교통이 좋은 편이고 한인민박이 이 지역에 많다. 또 빈티지마켓으로 유명한 방브 벼룩시장도 14구에 속한다.

15구는 현대식 고층 건물이 많고 중산층이 많이 거주하며 치안이 좋은 편이다. 한국인들이 15구에 밀집 거주하여 한인마트, 한식당을 쉽게 찾을 수 있다.

16구는 숙소 가격이 가장 높은 지역으로 파리의 부촌, 파리의 강남이라고 볼 수 있다. 시내 중심과도 가까우며 에펠뷰 숙소를 구할 수 있다.

17구는 파리 북서쪽에 위치한 지역으로, 현대적 분위기의 신도시 느낌이다. 라데팡스(Grande Arche de la Défense) 신개선문이 있다.

몽마르트 언덕이 있어 관광객들이 꼭 방문하는 18구는 상대적으로 빈민 구역으로 분류된다. 숙소도 저렴한 편이고 유명한 사크레쾨르 대성당(Basilique du Sacré-Cœur de Montmartre)도 있어 관광객의 방문이 많은 지역이지만,

치안이 좋지 않고 관광객을 노리는 소매치기가 많기로 유명하다.

19구와 20구는 이주 노동자들이 많이 거주하는 지역으로, 가장 저렴하게 숙소를 구할 수 있으나, 위험한 지역이고 시내 중심과도 거리가 떨어진 편이라 되도록 권하지 않는다.

앞서 말한 것처럼 가장 좋은 지역은 1~8구, 15구와 16구이다. 이 안에서 숙소를 잡으면 웬만한 관광지는 세느강변을 따라 천천히 걸으며 이동이 가능하다. 그러나 가깝고 안전하고 편리한 곳은 비싸기 마련이다.

우리는 3구와 10구 경계에 숙소를 잡았다. 홈스테이라 기본적으로 호텔보다 저렴하기도 했고, 마레지구나 퐁피두센터가 도보로 이동 가능한 3구 생활권이지만 주소지는 10구라 상대적으로 숙소가 저렴했다.

03 가기 전에 하면 좋은 것들

여행은 아는 만큼 보이고, 그만큼 더 즐길 있다는 말에 전적으로 동의한다. 여행하는 곳에 대한 사전 지식의 유무는 여행의 질과 만족도를 크게 좌우한다. 특히나 도시 자체로 역사이고 예술인 파리는 여행 전 꼭 예습이 필요한 곳이다. 남들 따라 가는 맛집이나 인스타그램용 포토 스팟도 찾아두면 나쁘지 않지만, 우리만의 의미 있는 여행을 만들기 위해, 아이와 함께 프랑스의 역사와 예술작품은 되도록 미리 접해 두길 추천한다.

런던에서와 마찬가지로 파리도 절반 이상이 박물관, 미술관 위주의 여행이 될 것이었기 때문에 아이에게는 그림책이든 학습만화든 가리지 않고 유럽 관련 도서를 많이 빌려다가 읽혔다. 특히 세계사 관련 내용은 학습만화를 통해 어렵고 생소 한 이름이라도 친 숙해질 수 있게 했 다. 그런데 요즘 학 습 만화가 워낙 시 리즈물로 재미있게 나와서 억지로 읽

히지 않아도 아이가 스스로 찾아서 읽는다.

미술 작품은 <기묘한 미술관>이나 <미술관에서 읽는 그 리스 신화>와 같이 작품과 작가의 스토리를 재미있게 풀어 놓은 책들을 몇 권 아이와 함께 읽으면서 "OOO미술관에 가 면 이 작품을 찾아보자"라며 우리만의 관람 리스트를 생각 해 보기도 했다.

파리 관련 영화나 애니메이션은 많지 않은 편이라 유튜브 영상으로 박물관이나 미술관 관람 정보를 얻었다.

그 밖에 어린이용은 아니지만, 파리를 배경으로 한 작품 < 아멜리에, 2001>, <미드나잇 인 파리, 2011>, <에밀리 파리에 가다 시즌1~3>, <레미제라블, 2012><파리는 언 제나 사랑->, <샹젤리제 거리의 작은 향수가게-레베카레

이> 등이 있다.

 마지막으로 프랑스어로 간단한 인사말을 익혀두는 것을 매우 추천한다. 길 가다가 외국인을 만났는데 우리 말로 "안녕하세요"라고 서툴게 인사를 하면 갑자기 친근감이 상승하면서 괜히 기분이 좋고 뭐라도 하나 더 알려주고 싶어진다. 그리고 이런 매직은 파리에서도 어느 정도 통한다.

 파리 여행을 갔는데 사람들이 불친절하고 동양인이라 무시하는 것 같은 경험을 했다는 이야기를 들은 적이 있다. 상황을 다는 알 수 없지만 대부분 오해인 경우가 많다.

 요즘은 웬만한 관광지에서는 영어로 의사소통이 어렵지 않지만, 만일 길을 물어봤는데 못 들은척 하고 지나가거나, 빤히 쳐다보며 대꾸도 안 한다면 내가 "익스큐즈미~(Excuse me)"로 시작해 영어로 물어보지 않았나 생각해보자. 거의 대부분의 경우는 영어에 익숙하지 않은 프랑스인이었을 것이다. 우리도 영어를 못하는데 낯선 외국인이 붙잡고 물어보면 도망가는 것과 똑같다.

 그런데 똑같이 영어를 못하는 프랑스인이더라도 "봉쥬~(Bonjour)" 또는 "익스큐즈므와~(Excuse moi)" 하고 부른 다음 영어로 질문이나 부탁을 하면 태도가 달라진다.

아이와 나는 프랑스어로 인사말 딱 4개만 외워서 갔다.

"봉쥬~(Bonjour)" - 안녕하세요
"메흐시 (Merci)" - 감사합니다
"익스큐즈므와 (Excuse moi)" - 실례합니다
"빠흐동 (Pardon)" - 죄송합니다, 실례합니다

빠흐동은 전철이나 버스, 사람이 많은 관광지 등에서 정말 많이 들리는 말이다. "내릴게요"나 "지나갈게요" 정도의 표현으로 이해하면 된다.

관광지든 식당이든 어디서나 프랑스인과 눈이 마주치면 우리는 "봉쥬~"하고 인사하고 마지막엔 "메흐시~"로 끝냈다. 아이와 함께 다니다 보니 더욱 친절과 호의를 받았을 수도 있지만, 어쨌든 우리가 파리를 여행하는 동안 인종 차별이나 불이익은 느껴보지 못했다.

몇 년 전까지만 해도 지금 같지 않았을 수 있다. 그러나 지금은 K-POP이나 한류가 이미 유럽에도 깊숙이 들어가 있음을 여행을 하며 많이 느낄 수 있다. 현지에서 만난 젊은 친구들이 먼저 한국인임을 알아봐주고 상점의 직원들도 한국말로 인사를 건넨다. 영어가 만국 공통어이기는 하나, 적어도 파리를 여행하는 동안에는 "Hello" 대신 "Bonjour", "Thank you" 보다는 "Merci!" 하며 친한 척을 해보자. 어쩌면 인사 한 마디에 서비스가 달라지고 흥정이 쉬워질지도 모른다.

04 짐 싸기

한 달 살기와 같이 장기 여행은 떠나기 전 '짐 싸기' 단계부터가 큰 부담이 아닐 수 없다. 특히 아이와 동반한 여행은 먹는 것, 입는 것, 쓰는 것과 놀 것까지 아이 짐이 더 많기 때문에 어디부터 어디까지 챙겨갈 것인지 명확히 하지 않으면 끝도 없이 짐이 늘어날 것이다.

꼭 챙겨야 할 품목과 없어도 될 것들, 현지에서 조달할 수 있는 것 등등 우리의 시행착오를 바탕으로 짐 싸기 체크리스트를 만들었다.

여행용 가방

항공권에 따라 허용되는 수화물용 캐리어 개수가 다르다. 보통 이코노미 좌석의 경우 수화물 1개와 기내용 1개까지 가능한데 항공사와 티켓에 따라 다를 수 있으니 미리 확인할 것. 우리는 28인치 캐리어 두 개에 옷과 신발, 먹을 것을 나눠 담았고, 각자 백팩에 노트북, 학습기, 충전기, 보조 배터리와 서류를 넣었다. 그리고 여권과 지갑은 작은 크로스백에 따로 챙겼다. 아이 휴대폰은 스트랩을 걸어 크로스로 항상 메고 다녔다.

여권/서류/카드

여권은 분식을 대비해 복사본을 따로 넣고 여권사진도 2장씩 따로 챙겼다. 사진은 파리에서 교통카드-나비고를 처음으로 만들 경우 필요하니 교통카드를 만들 예정이라면 감안해서 한 장 더 챙기도록 한다.

파리 공항 입국 심사 시에 귀국편 항공권을 요구할 수도 있으니 귀국편 항공권을 출력해서 준비하고, 또 엄마와 아이의 성이 다르기 때문에 가족임을 증명할 수 있도록 '영문' 가족관계증명서도 준비한다.

카드는 수수료 없이 현지 ATM에서 바로 환전 출금이 가능한 카드(트래블월렛, 트래블로그 등)를 가져가는 것이 편리하고 좋다. 새로 발급을 받아야 한다면 카드를 꺼내지 않고도 결제가 가능한 컨택리스(Contactless) 카드로 만드는 것을 추천한다. 또 관광지나 레스토랑, 마트와 상점들 대부분 애플페이가 가능하므로 아이폰 유저라면 애플페이에 사용할 카드를 탑재해 가는 것이 편리하다.

의류/신발

여행 시기를 감안해 옷과 신발을 챙겨야 하는데, 그런 면에서 옷의 부피가 적은 하절기가 짐 싸기에는 유리하다. 우리가 여행했던 6월의 파리는 25~31℃ 정도여서 여름 옷들로 넣었고, 긴 팔 자켓은 하나면 충분했다.

아이도 반바지와 반팔 티셔츠 몇 벌만 있으면 세탁해서 번갈아 입기에 충분했고, 아울렛이나 쇼핑몰에서 세일하는 옷을 구매하기도 하니 옷은 적당히 챙겨도좋다.

신발도 여러 종류 가져갔지만, 플랫슈즈는 걷다 보면 발바닥 너무 아프고, 운동화는 젖거나 땀이 나면 냄새 나고 오히려 불편해서 결국 크록스만 주로 신게 되더라. 결론은 아이들 신발은 크록스 하나면 충분하다.

세면도구/위생용품

세면도구는 숙소에서 제공 여부에 따라 짐이 크게 줄 수도 있다. 헤어나 바디용품은 유럽 제품들이 성분도 안전하고 향도 좋아서 우리는 돌아올 때 몇 개 사가지고 왔다. 그러니 짐이 많다면 현지 마트에서 사서 쓰다가 남으면 가지고 와도 괜찮을 것 같다.

여행을 하며 다니다 보면 야외에서 식사를 하는 경우가 많고, 야외 화장실을 주로 이용하다 보니 물티슈와 손소독제가 의외로 많이 필요했다. 유럽은 공중화장실에 변기 커버가 없는 경우도 많고, 한국에 비해 환경이 열악하다. 그래서 우리는 일회용 변기 커버도 몇 개씩 가지고 다녔다.

식재료

아이와 함께 여행을 하면 가장 신경 쓰이는 것 중 하나가 식사이다. 며칠이면 빵이나 시리얼로 간단히 먹기도 하고 입맛에 안 맞아도 좀 참을텐데, 장기 여행이다 보니 식사와 영양의 질이 아이 건강이나 여행 중 컨디션에도 영향을 미치기 때문이다. 사실 우리 모녀는 빵을 좋아해서 파리 가면 매일 크루아상과 마카롱만 먹어도 좋을 거 같았지만, 아이는 칼칼한 라면을, 엄마는 따뜻한 밥을 그렇게 찾았다. 짐 쌀 때는 '너무 많지 않나?' 싶었던 봉지라면 10개, 컵라면 4개와 즉석밥, 누룽지를 금새 다 먹고 주변 가까운 한식당과 한인마트를 찾았다.

다행히 요즘은 해외 어딜 가도 한인 마트가 있고, 한국 제품들을 살 수 있다. 파리는 한식당이나 일식당도 많은 편이고, 마트에 가면 스테이크 고기도 저렴해서 적당히 번갈아 가며 먹을 수 있었다.

그래도 다시 짐을 싼다면 즉석밥, 누룽지, 라면, 캔김치를 좀 더 넉넉히 챙길 것이다.

화장품/비상약

화장품은 아이와 내가 함께 쓸 수 있는 크림 한 종류와 자외선 차단제만 챙겼다. 야외 활동이 많고 유럽은 태양이 강하니 얼굴과 팔, 다리도 바를 수 있게 자외선 차단제는 두 통 담았지만, 2주만에 다 쓰고 파리 약국에서 큰 통으로 하나를 더 샀다. 유럽 화장품은 일부러 직구해서 쓰기도 하는데 필요한 화장품, 특히 어린이용 자외선 차단제는 현지에 가서 골라 사는 것도 괜찮다. 그리고 자외선 노출이 많은 만큼 최소한의 관리를 위해 마스크 팩도 챙겨 가면 좋다.

기본 상비약과 평소에 먹는 비타민, 영양제도 챙기고, 혹시 모르니 코로나 검사 키트도 챙겨 넣었다. 또 많이 걸었을 때 다리 마사지에 좋은 사이프러스 오일도 가져가 매일 저녁 다리에 바르고 잤다.

여행자보험

보험은 본인의 선택이지만 낯설고 의료보험도 없는 타지에서 병원에 갈 일이 생겼을 때, 휴대품의 분실이나 파손 등에 대비할 수 있다. 여행사나 카드사 이벤트로 항공권을 구매하면 여행자보험을 무료로 제공하는 곳도 있으니 항공권을 구매할 때 확인하고, 직접 가입하는 경우에는 인터넷에서 보장내용과 비용을 비교해 보고 다이렉트로 가입하면 비용을 아낄 수 있다.

로밍/유심

당장 공항 도착해서 숙소를 찾아가는 것부터 우버를 잡고 결제를 하는 것들 모두 휴대폰 데이터가 없으면 불가능하다. 로밍과 유심, 그리고 이심(eSIM)까지 뭐가 뭔지 모르겠다면 다음 표를 참고하자.

'로밍'은 한국 번호 그대로, 아무런 설정 변경 없이 해외에 도착해서 그냥 쓰던대로 쓸 수 있다는 점이 편리하다. 어느 나라에서나 한국으로의 전화나 문자가 무제한 가능하다는 점이 가장 큰 장점이지만, 데이터량에 제한이 있고 요금이 유심이나 이심보다 다소 비싼 편이다.

구분	로밍	eSIM(이심)	유심
한국 전화/문자	O	X	X
현지 전화/문자	X	X	O
심카드 교체	X	X	O
가격	가장 비쌈	가장 저렴	국가에 따라 다름
편의성	편리	기기 설정 필요	유심교체 및 보관 필요
추천 유형	업무 상 한국 전화나 문자가 꼭 필요한 경우	전화 필요 없고 데이터만 많이 쓸 경우	현지 전화가 필요하고 데이터를 많이 쓸 경우 그리고 휴대폰 기종에 따라 이심이 안 되는 경우

'유심'은 휴대폰에 심카드를 교체해서 해외 현지용 폰으로 바꿔주는 것으로, 해외 번호가 부여되고 현지에서 문자와 전화, 데이터를 편하게 쓸 수 있다. 한국으로의 전화나 문자는 불가능하므로, 한 달 살기 동안 전화나 문자로 연락을 받을 일이 있다면 유심은 권하지 않지만, 저렴한 가격에 데이터를 걱정 없이 쓸 수 있다는 장점이 있으니 본인에게 맞는 것을 선택하면 된다.

만약 유심을 이용할 예정이라면 한국에서 미리 사갈 수 있어서 공항에 도착하자마자 유심을 바꿔낄 수 있다.

요즘은 점점 '이심(eSIM)'을 많이 이용하는 추세이다.

심카드를 교체하지 않고 휴대폰 내에서 번호를 입력해 듀얼심으로 설정해 주면 저렴한 요금으로 넉넉한 데이터를 사용할 수 있다. 단, 해외든 한국이든 전화, 문자는 일절 안 되기 때문에 인터넷만 많이 이용할 예정이고, 카카오톡 같은 인터넷 전화로 충분하다면 이심을 추천한다.

한 가지 주의할 점은, 휴대폰 기종에 따라 이심이 불가능한 경우도 있으니 주문 전에 반드시 내 휴대폰 기종을 확인할 것. 우리 경우도 딸 아이의 휴대폰이 아이폰X인데 이심은 아이폰XR부터 적용이 가능해서 어쩔 수 없이 딸은 현지 유심을 사용했다.

내 휴대폰은 로밍을 신청하고 딸 아이는 데이터를 넉넉히 쓸 수 있는 유심을 사용했는데 이 구성이 괜찮은 것 같다. 함께 있을 때는 유심의 데이터를 공유해서 사용하고, 잠시 떨어지거나 길을 찾을 때는 아이가 스스로 구글맵을 이용하고 카카오톡으로 연락할 수 있었다.

PART2

파리살기

제1장 파리 교통편과 교통패스

01 나비고카드 / 까르네 / 어린이 티켓

 파리의 대중교통은 지하철과 RER, 버스와 트램, 택시 그리고 자전거가 있다.

 파리 시내에서 가장 편리한 이동 수단은 지하철이다. 14개의 노선이 촘촘하게 파리 전역을 연결하고 있다.

 파리 도심과 일드프랑스(Ile-de-France) 교외지역을 연결하는 광역 전철 RER(Reseau Express Regional) 도 중요한 교통수단이다. 5존에 위치한 샤를드골 공항이나 디즈니랜드, 4존에 위치한 베르사유 궁전이나 오를리 공항, 뿐만 아니라 파리 1존 내에서도 주요 역을 오갈 때 RER 5개 노선을 이용하게 된다.

파리의 지하철 노선이 잘 되어 있다고는 하나 파업이나 고
장 등 여러 이유로 운행이 중단되고 지연되는 경우가 종종
있다. 파리 시내 골목 골목까지 운행하는 버스를 함께 이용
하면 파리 여행을 좀 더 쉽고 편하게 즐길 수 있다.

우리는 여행지에서 바깥 구경도 할 수 있는 버스를 애용하
는 편이다. 파리는 도시 전체가 박물관 같고 예쁜 풍경이 많
아 버스를 타고 창밖으로 구경하는 재미가 있다.

파리의 교통 티켓은 지하철과 버스 구분 없이 이용할 수 있는데, 다만 버스-지하철 간 환승은 되지 않는다.(2023년 8월 기준 버스와 트램, 지하철과 RER간 환승만 가능. 차후 모든 환승으로 바뀔 수 있음.)

파리 교통 수단 중 많이 이용하는 것이 자전거(전동 자전거, 전동 스쿠터 포함)이다. 도로 옆이나 중앙차로에 자전거 전용 도로가 있고, 일반 도로에서도 자동차와 함께 다니는 자전거를 많이 볼 수 있다. 넓은 공원이나 관광지에서 자전거를 타고 구경하는 자전거 전용 투어도 있다.

자전거나 스쿠터는 교통카드나 티켓과는 별도로 어플을 설치하고 카드를 등록해 결제해서 사용할 수 있다.

대중교통을 이용하기 위한 교통패스 또는 티켓을 선택해야 한다. 파리에서 대중교통은 컨택리스카드가 아직 안 되기 때문에 정기권이나 정액권을 구매해야 한다.

1회권은 1존에서 지하철, RER, 트램, 버스(공항버스 제외)와 몽마르트의 푸니쿨라를 이용할 수 있는 편도 1회용 티켓으로 1.90유로이다. 보통 여행객들은 이 티켓을 한 장씩 사는 것보다 10장 묶음(16.90유로)으로 구매하는데 이

것을 까르네(Carnet)라고 부른다. 낱장 10개라 여러명이 나눠 써도 무방하다. 티켓은 지하철역 역무원이 있는 창구 또는 무인발권기에서 구매할 수 있다. 무인발권기를 이용할 경우 언어를 영어로 변경해서 진행하고 신용카드로 결제하면 된다.

우리나라는 탈 때와 내릴 때 모두 표를 통과시키거나 카드를 태그해야 하지만, 파리는 지하철의 경우 탈 때만 표를 넣거나 카드를 찍고 나올 때는 그냥 나오는 곳이 대부분이다. 하지만 역무원이 표를 보여달라고 할 수 있으니 역 밖으로 나올 때까지 티켓은 버리지 말고 잘 보관해 두어야 한다.
컨택리스 카드가 보편화된 세상에 종이 티켓이라니 의아할 것이다. 번거롭고 분실의 위험도 있는 종이티켓은 2025년까지 단계적으로 사라질 예정이라고 한다.

일회용 티켓이 아닌 '나비고(Navigo)'라는 교통카드도 있다. 나비고는 일주일, 또는 한 달 기간을 정해 1~5존까지 무제한 이용할 수 있는 정기권으로, 자신의 이름과 사진이 들어가며 최초 발급 시에 5유로가 든다. 카드를 한 번 발급해 두면 언제든 요금을 충전해서 사용할 수 있고, 5존까지 무제한으로 대중교통 이용이 가능하기 때문에 공항, 디즈니랜드, 베르사유, 라발레빌리지 아울렛, 고흐마을 어디든 몇 번이고 갈 수 있다. 나는 출장으로 파리를 방문하는 경우가 있어서 교통패스를 만들었고, 매번 파리를 방문할 때마다 일주일짜리(30유로)를 충전해 사용한다. 일회용 티켓은 버스-지하철 간 환승이 안 되기 때문에 혹시 갈아탈 경우 티켓 두 장을 사용해야 하지만, 나비고 카드만 있으면 환승 신경쓰지 않고 편한대로 갈아탈 수 있다. 또 종이티켓은 쓴 건지 안 쓴 건지 구분이 가지 않아서 까르네로 구매한 뒤 구분해서 보관하지 않으면 뒤섞여 버린다.

파리에 5일 이상 머물 것이고 공항, 디즈니랜드나 라발레빌리지, 베르사유를 대중교통으로 이용할 거라면 무조건 나비고를 추천한다. 나비고 카드를 만들 예정이라면 반드시 여권사진을 챙겨 가고, 또 모든 역에서 나비고를 발급하는 것이 아니므로 어느 역에서 만들 수 있는지 미리 확인할 것.

Zones	Navigo Weekly	Navigo Monthly
Toutes zones	30€	84,10€
2 à 3	27,45€	76,70€
3 à 4	26,60€	74,70€
4 à 5	26,10€	72,90€

나비고 가격 (출처: ratp.fr)

나비고 일주일짜리를 이용할 때 주의할 점은, 개시일과 상관없이 일요일 자정에 리셋된다는 점이다. 따라서 월~수 중에 파리에 도착한다면, 파리 공항에서 나비고 카드에 일주일 요금(30유로)을 충전하고 공항에서부터 나비고를 이용하는 것이 가장 알차게 이용할 수 있는 방법이다. 만약 금요일 이후 파리에 도착한다면 나비고가 아닌 일반 티켓을 이용해야 한다. (샤를드골 공항에서 파리 시내까지 루아시 버스 편도 12유로, RER B 편도 10.30유로)

샤를드골 공항에서 파리 시내까지 이동 방법으로는 정차 없이 한 번에 가는 루아시(Roissy) 버스가 있다. 샤를드골 공항 각 터미널에서 승차하고 오페라 근처 버스 정류장에서 하차하며, 오페라 근처에 숙소가 있다면 가장 추천하는 이동 방법이다. 출국할 때는 내렸던 오페라 근처 정류소에서 승차하고 공항 해당 터미널에 하차하면 된다.

샤를드골 공항에서 RER B노선을 이용해 파리 북역(Gare du Nord) 또는 샤틀레 레알(Chatelet Les Halles) 등 파리 중심의 주요 환승역에 내려 지하철을 환승하는 방법도 있다.

파리에서 만 4세 미만의 어린이는 교통요금이 무료이다. 만 4세부터 11세까지의 어린이는 성인의 50%만 내면 된다. 어린이용 까르네(종이 티켓 10장 묶음)를 이용하면 되는데 마찬가지로 역무원이 있는 창구나 무인발권기에서 구매할 수 있다.

나는 가지고 있던 나비고 카드에 일주일씩 충전해서 사용했고 딸아이만 까르네 티켓을 구매해서 사용했다. 단 디즈

니랜드, 베르사유, 오베르쉬르 우아즈와 같이 1존을 벗어날 경우에는 까르네 일반 티켓을 사용할 수 없기 때문에 별도의 어린이용 티켓을 구매했다.

파리 교통티켓

02 악명 높은 파리 북역에 도착했어요!

유로스타(Eurostar)를 타고 런던에서 파리로 이동한 우리는 파리 북역(Gare du Nord)에 내려 숙소까지 이동해야 했다.

'맙소사! 파리에서 처음 만나는 곳이 치안이 안 좋기로 유명한 북역이라니!'

여러 사람들에게 소문만 듣기로는, 북역은 택시도 바가지 요금이 엄청나고, 온통 내 짐을 노리는 소매치기만 있는 것 같았다. 파리에 도착하기 전 나는 아이에게 북역이 얼마나 무서운 곳인지 내가 들은 내용에 상상을 보태어 몇 번이나 얘기를 했었다.

열차가 파리에 도착하는 시간이 오후 6시 50분. 한국으로 치면 어둑어둑해지는 저녁 시간이다. 어두운 시간에 위험한 북역이라.. 걱정되는 마음에 '열차 시간을 한 시간 앞당길까' 고민을 했지만, 단 한 시간 차이에 똑같은 요금으로 앞 열차는 이코노미석, 뒤 열차는 스탠다드 프리미엄석이다. 열차 내에서의 안전과 편안함도 포기하고 싶지 않은 내 욕심에 그냥 그 열차를 탔다.

사실 파리는 여름 해가 길어 밤 10시가 넘어야 해가 진다. 우리가 도착한 저녁 7시에는 해가 쨍쨍했고 한낮처럼 환했다. 우리는 열차에서 내려 개찰구를 빠져 나가기 전에 짐을 단단히 챙겼다. 딸 아이도 백팩을 앞으로 메고 휴대폰 스트랩을 바싹 당겨 백팩 안쪽으로 숨겼다.

사람들을 따라 개찰구를 나가니 조그만 동양 여자 둘이 큰 가방 두 개를 끌고 나오는 모습을 보고 흑인 남성이 다가와서 "택시?"라고 물었다. 파리 북역뿐만 아니라 사람이 많은 역이나 공항, 관광지에서 도와주겠다고 접근하는 사람은 조심할 필요가 있다. 우리는 짧고 빠르게 거절하고 택시 승강장으로 갔다. 그런데 택시를 기다리는 사람이 너무 많다. 실은 우리 숙소는 북역과 마레지구 중간쯤 되는 곳으로 북역에서 걸어서 10분이 안 걸리는 거리다. 버스나 전철을 타기는 애매하고, 큰 짐이 있으니 택시를 타려고 했던 것인데 아무래도 너무 오래 기다릴 것 같다. 길도 복잡하지 않고 큰 도로를 따라 남쪽으로 곧장 내려가면 되니 우린 용감하게 그냥 걸어가 보기로 했다. 딸은 다시 한 번 가방과 휴대폰을 가슴 앞쪽으로 단단히 챙겼다. 사실 그 가방엔 간식과 장난감 밖에 안 들었지만.

아무리 가깝다고 해도 큰 캐리어를 끌면서 길을 건너고 고르지 못한 보도블럭을 통과하는 일이 아이에겐 쉽지 않았다. 불안한 나는 자꾸 걸음이 빨라졌고 중간에 아이가 따라오다가 턱에 캐리어 바퀴가 걸려 버렸다. 낑낑대고 있으니 지나가던 흑인 여성분이 굉장히 자연스럽게 아이 가방을 들어 주시는 게 아닌가! 그 동네 주민인지 그냥 역 근처 지나가는 길이었는지 모르겠지만, 무섭고 낯선 동네에서 도와주는 누군가가 있다는 사실에 너무 고맙고 한결 마음이 편해졌다. 딸과 나는 "메흐시(Merci)!"라고 우리가 할 수 있는 최선의, 그리고 유일한 감사 표시를 했다.

그렇게 파리 첫 날, 나와 딸은 파리에서 머물 홈 스위트 홈(Home Sweet Home), 우리의 홈스테이에 무사히 도착했다.

제2장 파리 숙소

01 유럽 숙소의 종류

우리와는 환경이 많이 다른 나라에서, 그것도 하루 이틀이 아닌 장기간을 머물어야 할 숙소 어떻게 선택하면 좋을까? 먼저 유럽의 숙소 종류로는 호텔, 에어비앤비, 호스텔, 게스트하우스, 홈스테이, 장기 렌탈 아파트, 하우스 시팅, 워크스테이 등이 있다.

보통 여행에서 가장 먼저 고려하는 숙소의 형태가 호텔일텐데, 호텔은 편안하고 비교적 안전한 환경을 제공하며 레스토랑, 컨시어지 등 편의시설을 갖추고 있다는 장점이 있는 반면, 가격대가 높아서 장기 숙박을 하기에는 비용 부담이 크다.

요즘 많이들 이용하는 에어비앤비(Airbnb)는 집 전체, 룸만, 혹은 집주인이나 다른 여행자들과 함께 등등 본인이 선택해서 숙소를 고를 수 있어 다양한 크기와 스타일의 숙소를 선택지로 둘 수 있다. 또 주방과 세탁시설 등을 이용할수 있어 장기 여행자들에게 유용할뿐 아니라 현지 문화를 경험해볼 수 있는, 말 그대로 '살아보기'가 가능하다는 점이 큰 매력이다. 하지만 호스트의 신뢰성과 숙소 상태에 대해서는 충분한 주의가 필요하다.

　그 밖에 게스트하우스나 호스텔과 같이 모르는 여러 여행객들과 함께 생활하는 공간은 아무래도 아이를 동반한 여행에는 적합하지 않으니 고려 대상에서 제외했다. 또 최근

에는 유럽 캠핑카 여행도 많이들 떠나는데, 한적한 외곽 도시에서는 꽤 매력적인 숙소와 이동 수단이 될 수 있으나, 파리와 같이 도시 여행에서는 캠핑카의 주차 문제나 도로 진입 등에 제한이 있다.

우리는 파리에 머물 숙소로 '홈스테이(Homestay)'를 선택했다. 보통 홈스테이는 해외에서 유학하는 어린 학생들이 호스트 집에서 함께 생활하며 잠자리와 식사,보호를 제공받는 숙소 형태이다. 우리가 이용했던 홈스테이는 식사는 제공하지 않고 집만 공유하는 형태였다. 에어비앤비와 홈스테이의 절충형 정도라고 보면 된다.

홈스테이는 실제 가족들이 생활하고 있는 집에 우리가 들어가 공간과 시간을 공유하는 것이라 개인적인 공간이 다소 제한되고, 욕실이나 주방을 함께 사용하기 때문에 서로 타이밍을 보고 조율해야 하는 번거로움이 있다. 따라서 개인적인 휴식이나 사생활을 중요시 한다면 홈스테이는 적합한 숙소가 아닐 수도 있다. 하지만 그 점을 제외하면 해외여행에서, 특히 '살아보는 여행'에서는 꽤 매력적인 숙소 형태 중 하나이다.

우선 현지 문화와 생활을 가장 가까이에서 경험할 수 있는 기회가 된다. 호스트 가족과 함께 식사를 하거나 대화를 나누며 지역의 이야기나 문화를 체험할 수 있어서 문화적인 이해와 소통을 하는데 큰 도움이 된다.

또 인터넷 검색만으로는 다 알 수 없는 주변 정보를 호스트 가족에게서 얻을 수 있다. 예를 들면 현지인들이 주로 가는 동네 맛집이라든가, 잘 알려지지 않은 명소, 지름길 등 소소한 꿀팁들을 자연스럽게 얻게 된다.

우리에게 무엇보다 중요했던 것은 현지에서 보호자로서의 호스트의 역할이었다. 낯선 나라 말도 잘 통하지 않는 곳에서 숙소에 무언가 고장이 나거나 예상치 못한 문제가 발생

했을 때, 호스트가 있으니 바로 도움을 받을 수 있다. 또 숙소에서의 도난, 분실 등 크고 작은 사고로부터 안심할 수 있는 것도 호스트와 함께 생활하기 때문이다. 실제로 런던을 여행할 때는 욕실 온수가 고장나서 하루동안 찬물만 나온 적이 있었는데, 우리가 외출한 사이 호스트가 빠르게 사람을 불러 수리를 해주었다. 또 파리에서는 이메일이나 텍스트보다 유선으로 문의를 해야 하는 경우가 많은데, 영어로 해도 어떻게든 가능은 하겠지만 아무래도 프랑스인 호스트가 쉽고 빠르게 처리해주니 편하고 든든한 것이 사실이다. 이렇게 호스트와 함께 생활을 하면 호스트는 자연스럽게 우리의 보호자가 되고, 우리가 여행을 잘 하고 있는지, 불편함은 없는지 신경쓰고 챙겨준다.

 또 주방이나 세탁기, 그 밖에 집에 있는 것들을 대부분 사용할 수 있어서 장기 여행에는 크게 도움이 된다. 파리에서 호스트 아주머니는 커피를 좋아하는 나를 위해 캡슐 커피도 넉넉히 채워 주셨다. 다음에 또 아이와 한 달 살기를 갈 때에도 나는 홈스테이를 먼저 고려하게 될 것 같다. 여행의 질은 높아지고 비용은 상대적으로 저렴한 홈스테이를 이용하지 않을 이유가 없다.

02 파리에서 홈스테이 구하는 법

파리는 관광지로 워낙 유명한 도시이다 보니 호텔이 비싸다. 에어비앤비가 호텔보다는 저렴하다고 하나, 다른 나라에 비하면 여전히 에어비앤비도 비싼 편이다. 위치나 규모에 따라 호텔보다 가격이 더 높은 경우도 많다.

우리가 이용한 홈스테이는 에어비앤비가 아닌 '홈스테이' 전용 중개 사이트를 통해 예약했다. (뒷페이지에 링크 공유) 가족이 함께 생활하는 것이다 보니 안전과 신뢰가 무엇보다 중요한데, 해당 중개 사이트에서는 호스트 신원 확인과 리뷰 관리로 안전하고 믿을만한 호스트를 고를 수 있었다.

반대로 호스트도 게스트로 예약할 사람을 먼저 확인한 후 예약을 진행하기 때문에 내가 예약을 하고 싶다고 무조건 예약할 수 있는 것이 아니다. 나는 맘에 드는 호스트에게 채팅으로 먼저 우리 소개를 하고 예약이 가능한지 문의를 한 후에 예약을 확정할 수 있었다. 나에게는 무슨 짓을 해도 귀여운 내 자식이지만, 호스트 입장에서는 아이들이 게스트로 오는 것이 익숙하지 않을 수 있다. 실제로 우리도 한 호스트로부터 거절 메세지를 받았고, 나 역시 아이와 동반한 여행이다 보니 적당한 숙소가 아니라, 위치나 호스트의 가족 구성원, 분위기 등 여러 가지를 고민해서 골랐다.

해당 중개 사이트는 에어비앤비처럼 선택지가 많지는 않다. 하지만 비용이 저렴하고, 숙박업의 느낌 보다는 집과 생활을 공유하는 홈스테이의 느낌이 조금 더 강하다고 느껴졌다. 기본적으로 홈스테이는 호스트가 공간만 공유하는 것이 아니라 생활과 문화까지도 공유하려는 마음으로 게스트를 받는 경우가 많기 때문에 기꺼이 저렴한 비용에 숙소를 제공하는 것 같다. 이 사이트에서는 유럽뿐만 아니라 전 세계 홈스테이를 검색할 수 있으니 한 달 살기와 같은 장기 여행 시에 고려해 보기 바란다.

우리가 홈스테이 정보를 찾고 예약했던 사이트

홈스테이 초대코드

제3장 파리 즐기기 - 관광객 버전

01 해질녘 센강 크루즈 타기

'파리(Paris)' 하면 다들 에펠탑(Eiffel Tower)을 먼저 떠올리겠지만, 파리라는 도시는 센강(Seine River)을 빼놓고 얘기할 수 없다. 프랑스어라서 '세느강' 혹은 '센느강'이라고도 부르는 센강은 파리의 중심부를 가로질러 파리 시내를 동과 서로 나눈다. 이 강은 파리의 문화, 역사, 관광명소와 미적인 가치로도 여행객들에게 매력적인 장소이다.

센강을 따라 펼쳐진 파리의 경치는 아름다운 다리, 건물, 박물관, 궁전, 성당 등으로 가득 차 있다. 낮이든 밤이든 센강을 따라 걷거나 배를 타고 파리의 아름다운 풍경을 감상할 수 있다.

또 센강에는 다양하고 유명한 다리들이 파리의 구석 구석을 연결하며 도시의 랜드마크로 자리를 잡았다. 그 중에서 유명한 다리를 소개하자면, 시테섬을 연결하는 퐁네프 다리(Pont Neuf)로 16세기에서 17세기에 걸쳐 완성된, 파리에서 가장 오래된 다리 중 하나이다. 퐁네프 다리는 그 자체로 아름다운 건축물이며, 프랑스 역사와 아름다움을 대표하는 상징물의 하나로 여겨진다.

또 황금 돔과 장미 무늬, 조각상 등 화려한 장식으로 유명한 알렉산드르 3세 다리가 있다. 다리 양쪽으로 빛나는 불빛이 환상적인 야경을 만들어 주어 많은 관광객들이 이 다리에서 기념 사진을 남긴다.

이렇게 역사와 예술이 깃든 센강은 크루즈를 타고 색다르게 즐길 수 있다. 에펠탑, 노트르담 대성당, 루브르 박물관, 오르세 미술관, 그리고 아이코닉한 다리들까지 한 눈에 둘러볼 수 있는 방법이다. 이 크루즈는 특히 해가 지고 랜드마크에 불이 들어오는 밤 시간대에 타면 멋진 분위기의 파리 야경을 감상할 수 있어서 인기가 많다. 가장 추천하는 시간대는 해 지기 바로 전 타임이다. 해가 지기 시작할 때 배를 타서 달리다 보면 어느 순간 컴컴해지고, 건물에 하나 둘 불이 들어온다. 다리 위에 있는 사람들은 우리를 향해 손을 흔들어 주고, 다리 밑을 지날 때마다 배에 탄 사람들은 박수를 치며 함성을 질렀다. 다리 밑 아치형 공간에 울림이 발생해 아이가 재미있어 했다.

크루즈가 시테섬과 생루이섬을 돌아 에펠탑까지 왔을 때, 에펠은 레이저를 쏘며 반짝반짝 빛나고 있을 것이다. 센강 크루즈에서 보는 반짝이는 에펠탑은 특별히 더 멋지고 아름답다.

센강 크루즈는 여러 회사가 운영하고 있다. 회사에 따라 타는 곳, 가격과 시간대도 조금씩 다르다. 티켓은 공식 홈페이지에서도 구매할 수 있지만 우리는 여행사 상품 중 가장 많이 판매되고 후기가 많은 바토무슈를 골랐다.

현장에 도착해 보니 예매를 안 했더라면 못 탈 수도 있었겠다 싶더라. 밤 시간대에 크루즈를 타려는 사람이 정말 많았다. 특히 주말에 야경을 보기 위해 크루즈를 탈 계획이라면 한 시간 정도 대기는 각오해야 한다.

파리 여행의 초반에 관광지를 전체적으로 훑어볼 겸 센강 크루즈를 타는 걸 추천한다. 크루즈 상품 중에는 배에서 식사를 하며 야경을 감상하는 디너크루즈도 있다. 남편과 파리에 처음 갔을 때는 디너 크루즈를 이용했는데, 음식 맛과 분위기 어디에 비용을 지불할 것이냐에 따라 추천여부가 달라진다. 분위기가 중요하다면 한 번쯤 경험해 보는 것도 나쁘지 않다. 하지만 아이와 함께 하는 여행이니까 샴페인과 푸아그라가 나오는 디너크루즈보다는 1/10 가격에 크루즈만 즐기고, 내려서 맛집을 찾아가는 것이 더 합리적이고 만족도도 높을 것 같다.

야경을 위해 늦은 시간 센강 크루즈를 이용한다면 귀가 시간이 꽤 늦어진다. 아이의 체력과 컨디션을 감안해 크루즈 타기 전 일정을 비운다든가, 다음 날 오전엔 늦잠을 잔다든가 하는 식으로 스케줄 조정이 필요하다.

센강 크루즈 바토무슈

주소   Port de la Conférence, 75008 Paris, France
영업시간   10:15~22:30 (매일)

02 몽마르트 언덕과 사크레쾨르 성당

 파리 명소 중 하나로 꼽히는 몽마르트(Montmartre)는 옛날부터 많은 예술가들이 모여 살았던 지역으로, 파리 시내가 내려다 보이는 사크레쾨르 대성당과 개성 강한 골목들, 멋진 레스토랑과 카페로 유명하다.

 19세기 말, 파리가 산업화와 도시 확장을 시작하면서 가난한 예술가들이 저렴하게 생활할 수 있는 곳으로 모이게 되고 예술가들의 아지트를 형성하였는데, 그곳이 지금의 몽마르트이다.

마네, 모네, 드가, 르느와르, 반 고흐, 고갱, 피카소, 에밀 졸라, 쇼팽 등 수많은 예술가들이 몽마르트에 살면서 그들의 예술 활동을 활발히 했고, 그 발자취가 아직도 몽마

르트에 남아 있다.

또 이 지역은 카페와 술집이 많기로도 유명한데, 도시 정비가 한창이던 시절 술에 부과되는 주세가 없었던 몽마르트에 술집들이 들어서고, 가난한 예술가들이 즐겨 찾게 되면서 자연스럽게 문화 공간으로 발전하게 된 것이다.

몽마르트 정상에는 '성심 성당'이라는 사크레쾨르 대성당(Basilique du Sacre Coeur)이 있다. 높은 건물이 거의 없는 파리는 어디에서나 하얀 돔이 우아하게 솟아 있는 사크레쾨르 대성당을 볼 수 있다. 종교와 상관 없이 파리를 방문한 관광객들은 이 성당을 찾는데, 사크레쾨르 대성당 앞에 서면 아름답고 황홀한 파리 시내를 한 눈에 조망할 수 있기 때문이다.

앞서 언급한대로 역사적 문화적으로 유명한 몽마르트와 사크레쾨르 대성당은 파리 관광 필수 코스 중 한 곳이지만, 관광객이 많은 만큼 소매치기가 심하기로도 유명하다. 그냥 소매치기 말고도 지나가는 사람 손목에 팔찌를 묶어주고 돈을 요구한다거나, 불우 이웃 돕기인 것처럼 사인을 하게 하고 돈을 요구하기도 하고, 커플에게는 꽃을 한 송이 쥐

어주고 돈을 달라거나, 그림을 바닥에 붙여 놓고 밟고 지나
가는 사람에게 큰 돈을 요구하는 등 다양한 수법으로 관광
객들을 불편하게 하고 있다.

우리는 여행사 투어를 통해 몽마르트에 방문했는데, 첫 번
째 이유는 누가 봐도 관광객인 우리가 작정하고 달려드는
팔찌단 사인단을 피해 가지 못할 것 같아서였고, 두 번째 이
유는 몽마르트에 숨은 주옥 같은 이야기들을 전문 가이드
님을 통해 보고 들으며 생생하게 즐기고 싶어서였다.

몽마르트 단체 투어는 Abbesses 지하철역 앞에 모여 함께
걸으며 진행되었다. Abbesses역은 계단이 무척 많아서 관
광 시작도 하기 전에 지칠 수 있으니 역에서 나올 땐 반드시
엘리베이터를 찾아서 이용할 것.
　Abbesses역 근처에는 전 세계의 언어로 '사랑해'가 써있
는 '사랑해 벽'이 있다. 우리도 한글로 쓰여진 사랑해 글자
앞에서 기념 사진을 먼저 찍고 이동했다. 사크레쾨르 대성
당은 높은 언덕 위에 있어서 푸니쿨라를 타고 이동할 수도
있지만 푸니쿨라 옆 공원을 통해 올라가면 회전목마 옆이
나 잔디 언덕에서 예쁜 인생샷을 건질 수 있다.

사크레쾨르 대성당 옆쪽 길을 따라 뒷골목으로 들어가면 카페와 식당들이 모여 있다. 커피 한 잔 들고 골목 끝에 앉아 파리 시내를 내려다 보는 것도 멋지고, 오래된 건물들 사이 골목에 서서 찍는 사진은 별 것 아닌데도 멋진 그림이 된다.

몽마르트에서는 예술의 고향답게 거리의 예술인들을 쉽게 만날 수 있고, 예술가들의 생가, 영화나 소설의 배경이 된 곳을 직접 찾아가 듣는 스토리들은 시대를 뛰어넘어 생생함을 느낄 수 있다.

20세기 초 예술가들의 모임 장소였다는 연핑크색 벽의

'라 메종 로즈(La Maison Rose)'를 지나고 '에밀리 파리에 가다'에 나왔던 예쁜 길 '아브뢰부아(Rue de l'Abreuvoir)'를 따라 내려오면 유명 가수였던 달리다의 조각상(Buste de Dalida)을 만날 수 있다. 골목을 따라 조금 걷다 보면 벽에 몸이 반쯤 묻힌 남자 조각상이 보이는데, 프랑스 소설이자 뮤지컬로도 알려진 '벽을 뚫는 남자(Le Passe-Muraille)'이다.

조금 더 골목을 따라 내려오면 '세탁선(洗濯船)'이라는 뜻의 바토 라브와르(Le Bateau Lavoir)'가 있다. 몽마르트의 버려진 한 건물에 가난한 화가들이 들어와 그림을 그리기 시작했고, 많은 유명한 화가와 작품들이 배출되었다. 이 건물을 '바토 라브와르-세탁선'이라 부르기 되었는데, 그 이유는 허름한 건물이 파리 센강변에 떠 있는 빨래터 배 같아서였다고 한다.

몽마르트 골목마다 남아 있는 예술가들의 스토리를 듣다 보면 지루할 틈이 없다. 그렇게 걸어서 블랑쉬(Blanche)역까지 내려오면 빨간 풍차로 유명한 물랑루즈(Moulin Rouge)를 만날 수 있다. 물랑루즈가 있는 클리쉬가 대로변은 아이와 함께 가기에는 부적절한 업소들이 많으니 개인적으로 이 지역을 방문할 경우 주의하는 것이 좋다.

몽마르트 전철역 Abesses

주소   Bouche du métro Abesses, 75018 Paris, France
영업시간   10:15~22:30 (매일)

03 쇼핑 천국 파리!

패션 디자인과 럭셔리 브랜드의 중심지인 파리는 다양한 쇼핑 체험이 가능한 도시로, 세계적으로 유명한 디자이너 들이 본사를 두고 있다.

샤넬(Chanel), 에르메스(Hermes), 루이비통(Louis Vuitton), 디올(Dior)과 같은 명품 브랜드들이 파리에서 탄생하거나 주요 매장을 운영하고 있고, 패션의 수도인만 큼 매년 봄과 가을 파리에서는 세계적인 파리 패션 위크 (Paris Fashion Week)가 개최된다. 이 행사는 유명 브 랜드와 디자이너들이 최신 컬렉션을 선보이는 장소로, 세 계 각국의 패션업계 전문가와 예술 애호가들이 파리에 모 일 정도로 국제적으로 유명하다.

파리에는 유명한 쇼핑 거리와 백화점들이 있고, 크고 작은 부티크와 디자이너 매장들이 많아서 파리를 방문했다면 쇼핑의 기회를 놓칠 수 없다. 역사와 문화, 관광적으로도 의미가 있는 파리의 백화점들과 할인 상품을 노려볼만한 아울렛 몇 곳을 소개하려고 한다.

또 안 받으면 손해인 택스리펀(Tax Refund: 세금 환급)에 대해서도 뒷부분에 설명해 두었다.

갤러리 라파예트 오스만 (Galeries Lafayette Haussmann)

1893년에 개장된 유럽 최대의 백화점, 갤러리 라파예트 오스만은 파리 9구에 위치하고 있으며, 역사적으로 프랑스의 번성한 시대를 반영하는, 화려하고 아름다운 내부로 잘 알려져 있다. 백화점 내부 중앙에는 아름다운 돔 형태의 천장이 있는데, 이것을 보기 위해 일부러 방문할 정도로 관광객들에게 유명하다. 또 하나, 갤리러 라파예트 오스만에 갔다면 꼭 들러야 할 루프탑전망대(La Terrasse)가 있다. 방문객들에게 무료로 개방되어 있어 누구나 갈 수 있는 이 옥상은 강 건너 에펠탑을 포함해 파리 시내의 아름다운 전경을 한 눈에 둘러볼 수 있다.

갤러리 라파예트 백화점

주소 40 Bd Haussmann, 75009 Paris, France

영업시간 10:00~20:30(월~토), 11:00~20:30(일)

르 봉 마르쉐(Le Bon Marche)

파리 7구에 위치한 르봉 마르쉐는 1838년에 개장한, 프랑스에서 가장 오래된 백화점이다. 건물 자체가 아름다운 건축물로, 럭셔리 브랜드와 프랑스 디자이너 브랜드를 쇼핑하기에 좋다. 계절마다 다양한 행사와 팝업 스토어, 아티스트 전시회 등을 개최하고 있다.

백화점 근처에는 생제르맹 거리(Saint-Germain-des-Pres)가 있는데, 예술가들과 작가들의 역사로 가득차 있는 매력적인 동네이다. 19세기 말부터 현재까지 영업중인 '카페 드 플로르(Cafe de Flore)', '레 뒤 마고(Les Deux Magots)'와 같은 유명한 카페는 헤밍웨이(Ernest Hemingway), 카뮈(Albert Camus) 등 유명 작가와 예술가들이 자주 모여 글을 쓰고 이야기를 나눴던 곳으로 프랑스 문화와 예술의 중심지 중 하나로 꼽힌다. 르 봉 마르쉐에서 쇼핑을 하고 생제르맹 거리의 카페 테라스에서 차나 식사를 즐기는 코스로 하루 일정을 잡아도 좋을 것 같다.

르 봉 마르쉐 백화점

주소   24 Rue de Sèvres, 75007 Paris, 프랑스

영업시간   10:00~19:45(월~토), 11:00~19:45(일)

쁘렝땅(Printemps)

1865년에 개장한 쁘렝땅 백화점은 프랑스어로 '봄'을 의미하며, 이름처럼 새로운 패션과 브랜드가 소개되는 곳이다. 위치는 오페라 근처 갤러리 라파예트 오스만 백화점과 나란히 위치하고 있다.

쁘렝땅 백화점은 1인 1회에 한해 5% 할인쿠폰을 발급받아 쇼핑할 때 유용하게 사용할 수 있다. 프랑스 관광청 홈페이지에서 캡처나 출력을 미리 해서 백화점 방문할 때 여권과 함께 고객센터에 제시하면 할인권을 받을 수 있다.

쁘렝땅 백화점

주소   64 Bd Haussmann, 75009 Paris, 프랑스
영업시간   10:00~20:00(월~토),

르 베아슈베 마레(Le BHV Marais)

파리의 핫플 마레지구에 있는 BHV 백화점은 1856년에 개장한 곳으로 관광객들보다는 파리 현지인들이 많이 이용하는 백화점이라고 한다. 이곳은 실용성 높은 브랜드 상품과 가정용품, 인테리어, 가구, 생활용품을 판매하고 있다.

파리의 홈스테이 호스트 아줌마도 우리가 뭘 사려고 물어보자 BHV 백화점에 가보라고 할만큼 이곳은 파리지앵들에게 더 익숙한 백화점인 것 같다.

BHV 백화점

주소　　52 Rue de Rivoli, 75004 Paris, 프랑스

영업시간　10:00~20:00(월~토), 11:00~19:00(일)

사진 출처: BHV Marais

사마리텐(Samaritaine Paris Pont-Neuf)

퐁네프 다리 옆에 있는 사마리텐 백화점은 1869년 개장한 프랑스 문화유산 중 하나이다. 오랫동안 폐쇄되어 있었으나, 루이비통 모에 헤네시(LVMH) 그룹이 백화점을 인수하여 리노베이션을 거쳐 2021년 재개장 하였다. 또 바로 옆에는 'LV드림'이라는 루이비통 박물관과 루이비통 시그니처 초콜렛으로 유명한 카페도 있어서 꼭 쇼핑을 하지 않더라도 한 번쯤 둘러볼 만하다.

사마리텐 백화점

주소	9 R. de la Monnaie, 75001 Paris, 프랑스
영업시간	10:00~20:00(매일)

백화점 이외에도 화려하고 유명한 쇼핑거리, 샹젤리제 (Champs-Elysees)가 있다. 1구와 8구 사이에 걸친 넓고 아름다운 대로를 걷다 보면 럭셔리 브랜드 매장과 카페, 레스토랑들을 만날 수 있다.

백화점에서 쇼핑을 할 계획이라면 '프랑스 관광청'이나 '오봉파리'와 같은 파리 관광 정보 사이트에서 할인쿠폰 또는 사은품 쿠폰을 미리 검색해서 챙기는 것이 좋다. 할인쿠폰이나 사은품 교환권을 받을 수 있다.

쇼핑 러버라면 주목할만한 곳이 더 있다. 유명 브랜드의 이월 상품을 할인 가격에 살 수 있는 아울렛(Outlet)이다. 가장 대표적인 곳이 '라발레 빌리지(La Vallee Village)'이다. 120개 이상의 브랜드 매장이 모여 있는 쇼핑 단지로, 파리 시내에서 40분 정도 떨어져 있으며, RER A노선 또는 아울렛 자체 셔틀버스를 이용할 수 있다.

구찌, 버버리, 프라다, 생로랑, 보테가베네타, 몽클레르 등 유명 브랜드의 패션 아이템을 저렴한 가격에 구매할 수 있고, 주변에 일반 쇼핑센터와 디즈니랜드가 있어 많은 사람들이 방문하는 곳이다.

라발레 빌리지

주소	3 Cr de la Garonne, 77700 Serris, 프랑스
영업시간	10:00~20:00(매일)

그 외에도 몽마르트 근처의 A.P.C. 아울렛과 메종키츠네 아울렛, 마레지구의 편집샵 등 쇼핑 계획이 있다면 방문하고 싶은 매장을 미리 구글맵에 체크해 둘 것.

파리에서 쇼핑을 했다면 잊지 말고 **택스 리펀(Tax Refund: 세금 환급)**을 챙기자. 한 매장, 혹은 한 백화점에서 100유로 이상 결제했고, 현지에서 사용하지 않을 거라면 해당 국가의 물건에 포함된 세금(12%)을 돌려 받을 수 있다.

일반 매장은 해당 매장에서 결제 단계에 여권을 제시하면 영수증과 함께 택스 리펀 서류를 챙겨준다. 백화점은 각 매장이 아니라 고객센터에서 일괄 처리하고 있으니 쇼핑을 다 마친 후 백화점을 나오기 전에 영수증과 여권을 챙겨서 고객센터로 가면 된다. 택스 리펀 서류는 잘 보관했다가 출국하는 날 공항에서 키오스크 또는 세관 직원에게 접수 처리한다. 만약 파리에서 이동하는 나라가 같은 EU국가일 경우에는 파리에서 처리하지 않고 유럽을 마지막으로 떠나는 국가에서 환급 신청을 하면 된다. 환급 신청은 국가를 이동할 때 하는 것인데 유럽 연합(EU)은 출입국 심사도 하지 않는 것처럼, 택스 리펀도 하나의 나라처럼 처리한다고 보면 된다.

택스 리펀 관련 Q&A

Q. 파리에서 한국으로 출국하는데 중간에 다른 나라를 경유할 경우
A. 수화물을 찾지 않는 경유라면 파리 공항에서 환급 신청을 하면 된다.

Q. 중간 경유지가 EU 국가일 경우
A. 마찬가지로 수화물을 찾지 않는 경유라면 파리 공항에서 최종 환급 신청을 하고 출국한다.

Q. 파리에서 EU국가로 이동해 일주일 후에 한국으로 갈 경우
A. 최종 출국지에서 환급 신청을 한다.

Q. 파리에서 런던으로 이동해 일주일 후에 한국으로 갈 경우
A. 영국은 EU 탈퇴 국가로 파리에서 출국 시에 환급 신청을 해야 한다. 파리 공항뿐만 아니라 리옹역이나 북역과 같은 기차역에서도 택스 리펀이 가능하다.

04 파리 디즈니랜드

디즈니랜드(Disneyland)는 미국의 월트 디즈니가 1955년에 로스앤젤레스에 세운 대규모 테마파크이다. 현재는 미국의 로스앤젤레스와 올랜도, 일본의 도쿄, 프랑스의 파리, 홍콩과 중국의 상하이 등 전 세계 여러 지역에서 운영되고 있다.

디즈니랜드는 어린이들뿐만 아니라 어른들도 즐길 수 있는 다양한 놀이기구와 어트랙션, 그리고 디즈니의 대표적인 캐릭터들과 함께하는 다양한 공연과 퍼레이드로 매년 많은 사람들이 방문하는 곳으로, 아이와 함께 하는 여행에서는 필수 코스 중 하나이지 않을까 생각한다.

파리에 도착하고 3일째 되는 날, 디즈니랜드에 방문했다. 일정 초반에 디즈니랜드를 넣은 이유는, 아이가 파리에서 가장 가고 싶어했던 곳이기도 했고, 장기 여행이라 후반부로 갈수록 체력이 떨어질 수 있으니, 되도록 꽉 찬 일정은 먼저 소화할 수 있게 조정했다. 파리에서 디즈니랜드를 방문할 예정이라면 다음 사항을 고려하여 계획을 세워보자.

방문 날짜와 시간 선택

디즈니랜드는 상시 방문객이 많지만 주말이나 연휴에는 더욱 붐빈다. 방문 날짜와 시간을 선택할 때는 사람이 적은 평일이나 주말 오전 시간을 선택하는 것이 좋다. 우리는 화요일 오픈 시간으로 예약을 했다.

티켓 구매

디즈니랜드의 티켓은 인터넷을 통해 미리 예매한다. 항공사에서 주는 여행 플랫폼 할인쿠폰을 사용하면 홈페이지보다 저렴하게 구할 수도 있다. 티켓을 구매할 때는 방문 날짜와 시간, 입장권 종류 등을 고려하여 선택해야 한다. 날짜를 지정하지 않거나 당일 입장권을 구매하는 것보다 미리 날짜와 방문 시간을 지정해 예약하는 것이 더 저렴하다.

교통 수단 선택

디즈니랜드는 파리 시내에서 멀리 떨어져 있기 때문에 어떻게 이동할지, 숙소와 방문시간을 고려해 지하철이나 버스, 택시, 또는 전용 버스 등을 선택할 수 있다.

디즈니랜드의 하이라이트는 야간에 펼쳐지는 일루미네이션인데, 해가 진 뒤 밤하늘에 팡팡 터지는 불꽃놀이가 예술이라 이 쇼를 보기 위해 디즈니랜드를 방문하는 사람들도 적지 않다.

그런데 하절기의 파리는 밤 10시가 넘어야 해가 진다. 우리가 방문했던 6월은 일루미네이션 시간이 밤 11시였고 다 끝나면 자정이 넘기 때문에 우리는 처음부터 일루미네이션은 포기했다. 조금 아쉽기는 했지만 대신 아침 일찍 시작해 하루종일 놀이기구만 충분히 즐기는 것으로 계획을 짰다.

만약 야간 일루미네이션을 꼭 보고 싶다면 두 가지 선택지가 있다. 별도의 차량을 예약하는 것이다. 늦은 귀가를 위해 한인 택시나 여행사 밴으로 디즈니랜드 픽 드랍 서비스를 제공하고 있다. 비용은 좀 비싸지만 가장 안전하고 편하게 숙소까지 돌아갈 수 있는 방법이다.

사진 출처 : www.disneylandparis.com

그리고 밤 늦은 시간까지 일루미네이션을 즐기려면 체력 안배가 무엇보다 중요하다. 하루종일 넓은 공원을 돌아다 니고 줄 서서 기다리며 체력이 고갈된 상태에서 밤 늦게 쇼 까지 보는 것이 아이와 어른 모두에게 무리가 될 수 있다. 우리는 일루미네이션을 포기하고 귀가했는데도 숙소에 도 착하니 밤 10시가 넘었고, 아이는 피곤해서 그날 밤 코피를 쏟았다. 그러니 야간 쇼까지 보고 올 계획이라면, 디즈니랜 드에 간다고 아침부터 기대에 부풀어 오전에 체력을 다 써 버리지 않도록, 아이와 일정을 잘 타협해서 방문 시간을 오 후로 잡고 일정을 늦게 시작하는 것이 좋다.

또 한 가지 방법은 디즈니랜드 근처에 호텔을 하루 잡는 것이다. 관광지로 유명하고 근처에 큰 아울렛도 있어서 제법 관광객들이 많이 찾는 지역이라 주변에 호텔들이 많이 있다. 파리 디즈니랜드는 '월트 디즈니 스튜디오 파크'와 '디즈니 빌리지' 두 곳으로 나눠져 있어서 1박2일 일정으로 호텔을 잡고 첫째날은 월트 디즈니 파크, 둘째날은 디즈니 빌리지, 혹은 그 반대로 방문할 수도 있다.

퍼레이드 관람 위치 확인

2023년은 파리 디즈니랜드의 30주년으로, 드론쇼, 레이저쇼, 불꽃놀이 등 화려한 일루미네이션을 볼 수 있다. 퍼레이드나 일루미네이션을 관람하는 좋은 위치를 미리 확인하고 시작 전에 선점하면 훨씬 더 멋진 쇼를 즐길 수 있다.

많은 사람들이 추천하는 명당은 디즈니성이 정면으로 보이는 둥근 화단 안쪽이다. 화단 때문에 앞에 사람이 가리지 않고 잘 보이는 위치라고 한다. 공연 한 시간 전부터 이미 사람들이 자리를 펴고 차지하고 있는 모습을 볼 수 있다. 기

왕에 파리 디즈니랜드에 방문한다면 퍼레이드 시간과 좋은 위치를 확인해 멋진 추억을 남기길 바란다.

식사 계획 세우기

디즈니랜드에서는 다양한 음식을 판매하지만, 가격이 다소 비싸므로 미리 식사 계획을 세우는 것이 좋다. 공원 내부 음식이 비싼 것은 전 세계 공통이라 어느 정도 이해하지만, 후기들을 보면 맛에 대한 만족도가 매우 낮은 편이다.

디즈니랜드 입장권은 예약 당일에는 자유롭게 드나들 수 있기 때문에 원한다면 공원 밖에 나가서 식사를 하고 다시 입장해도 된다.

우리는 점심 시간에 외부에 있는 파이브가이즈(Five Guys) 햄버거 전문점에 가서 점심을 먹고 역사에 안에 있는 스타벅스에서 얼음 가득 아이스 아메리카노도 큰 사이즈로 한 잔 사서 다시 들어갔다.

아이의 음식 취향에 맞게 입장 전에 미리 먹을 것을 준비해가는 것도 좋은 방법이다. 어트랙션 하나 타는 데 평일 기준 평균 60~90분 정도 줄을 선다. 그러다 보면 식사 때를 놓칠 수도 있고, 음식점을 찾아 이동하는 자체가 체력 낭비, 시간 낭비가 될 수도 있다. 대기를 하면서 아이가 먹을 수 있는 음료수와 간식을 챙기면 도움이 된다.

공연 일정 확인

디즈니랜드에서는 다양한 공연이 진행된다. 공연 일정을 미리 확인하여 원하는 공연을 관람할 수 있도록 계획을 세우는 것이 좋다. 디즈니랜드 파리(Disneyland Paris)라는 어플이 있으니 방문 전에 미리 다운로드 한다. 맵 보는 방법과 공연 시간 등을 미리 파악해서 어디를 먼저 방문하고 어떤 동선으로 움직일지 나름의 전략이 필요하다. 공연은 시간이 정해져 있으니 꼭 보고 싶은 공연 한두 개를 정해 예

디즈니주니어 드림팩토리   겨울왕국: 뮤지컬 초대장   스티치 라이브!

★ 월트 디즈니 스튜디오 파크   🎭 실내 쇼   ★ 월트 디즈니 스튜디오 파크   🎭 실내 쇼   ★ 월트 디즈니 스튜디오 파크   🎭 실내 쇼

<사진 출처 : www.disneylandparis.com>

약을 하고, 줄 서는 시간까지 감안해 동선을 짜야 한다. 우리는 공연 예약을 하지 않고 갔다가 현장 대기까지 모두 매진되어 관람을 할 수 없었다.

디즈니랜드 지도 확인

디즈니랜드는 규모가 크기 때문에 지도를 잘 확인하여 이동 경로를 계획하는 것이 좋다. 디즈니랜드 파리 어플에서 '맵(Map)'을 열면 각 어트랙션의 대기 시간을 확인할 수 있다.

아침 일찍 입장했다면 '크러쉬 코스터'나 '라따뚜이'와 같은 가장 인기가 많은 어트랙션에 먼저 줄을 선다. 또는 꼭 타고 싶은 어트랙션 한두 가지는 '프리미어 액세스 얼티밋(Premier Access Ultimate)'을 구매해 시간을 절약하고 체력도 아낄 수 있다. 프리미어 액세스 얼티밋은 패스트트랙 티켓인데 디즈니랜드 파리 어플에서 별도 구매할 수 있

고, 가격은 어트랙션에 따라 10~20 유로대이다.

"엄마! 돈 더 냈다고 줄 안 서고 먼저 들어가는 게 어딨어? 그럼 힘들게 줄 서서 기다리는 사람들이 억울하잖아!"

"그래서 '시간은 돈'이라고 하는 거야. 저 사람들은 기다리는 시간을 돈을 내고 산 거니까."

유치원에서도 학교에서도 차례를 지켜야 한다고 배운 어린이 입장에서는 돈을 내면 차례를 안 지켜도 되는 것처럼 느껴져 이해가 안 가고 억울했나보다.

사실 디즈니랜드 이용권 자체도 꽤 가격대가 있는 편인데 빨리 타기 위해 추가 비용을 지불해야 한다는 것이 못마땅하긴 나도 마찬가지였다. 하지만 어쩌겠는가. 자본주의 사회에 사는 이상 자본의 필요성을 아이도 느꼈을 거라 생각한다.

다시 프리미어 액세스 얼티밋 이야기로 돌아와서, 어떤 것은 줄을 서고 어떤 것은 프리미어 액세스 얼티밋을 구매할 것인지 미리 계획을 정하고 가는 것을 추천한다. 두 시간씩 줄 서다가 지쳐 '안 되겠다 사야겠다' 할 때는 매진되어서 못 구할 수도 있다.

<출처: '디즈니랜드 파리' 어플>

디즈니랜드 파리

주소   Bd de Parc, 77700 Coupvray, 프랑스

영업시간   09:30~23:00(매일)

05 지베르니, 모네의 그림 속 그 곳

아이가 다섯 살쯤이었던 것 같다. 유치원에서 미술 활동으로 명화 따라 그리기를 해 왔는데 모네의 '수련'이었다. 얼마 후에는 고흐의 '별이 빛나는 밤'을 그려 왔다. 인상파가 뭔지, 유화가 뭔지 모르지만, 본인이 그려봤던 그림들은 나중에도 보면 알은척을 했다.

'내가 아는 유명한 그림을 그린 사람이 살았던 집, 그림의

배경이 되었던 곳을 직접 가보는 일은 아이에게 더 의미있는 여행이 되지 않을까?' 하여 우리는 파리 일정 중에 모네와 고흐가 살았던 마을을 찾아가 보기로 했다.

지베르니(Giverny)는 파리 시내에서 차로 한 시간 정도 떨어진 곳에 위치한 작은 마을이다. 멀지는 않지만 대중교통으로 직접 가기는 어려운 곳이다. 파리 외곽에 가고 싶은 곳이 다섯 곳(몽생미셸, 모네마을, 고흐마을, 베르사유 궁전, 디즈니랜드) 있었는데, 차 없이 대중교통으로는 도저히 가기 힘든 곳이 몽생미셸과 모네마을-지베르니였다.

여행사 투어를 알아보다가 마침 몽생미셸과 지베르니 두 곳을 묶은 투어가 있어서 신청했다. 여행사 투어가 좋은 점은 가이드가 있어서 방문지에 대한 다양하고 재미있는 이야기를 들을 수 있고, 차량으로 편하게 이동할 수 있다는 점이다. 아이와 함께 여행을 하다 보면 이동이 더딜 수밖에 없는데, 긴 여행 중에 여행사 투어를 중간 중간 끼워 넣으면 아이도 엄마도 편하게 여행을 즐기면서 내용은 알차게 밸런스를 맞출 수 있다는 장점이 있다.

모네가 1883년부터 1926년까지 살았던 집은 관광객들에게 개방하고 작품들을 집안 가득 전시했다. 또 실제 사용했던 공간과 가구들이 그대로 배치되어 있고, 모네가 영향을 많이 받았다고 하는 일본의 우키요에(浮世絵)도 전시되어 있다.

집 앞 꽃밭은 알록달록 꽃들로 가득해서 카메라 앵글을 어디에 잡아도 화사하고 예쁘게 나왔다. 그러고 보니 모네의 집도 건물이 핑크색 벽에 초록색 프레임으로 되어 있어서 꽃밭과 건물이 아름답게 어울렸다.

지하도를 통해 길 건너 물의 정원으로 가면 아치형 다리가 있고, 수련이 연못 가득 피어 있는 그림 속 바로 그 장소를 만날 수 있다. 우리가 방문했던 6월 초에는 연꽃이 없었다. 연꽃은 6월 말부터 7월에 걸쳐 예쁘게 핀다고 하니, 여행 계획을 잡을 때 참고하길 바란다.

모네의 그림 속에 잠시 들어갔다 나온 것 같은 기분을 안고 우리는 다음 장소로 이동했다.

지베르니 모네의 정원

주소　　　　　　84 Rue Claude Monet, 27620 Giverny, France

영업시간　　　　09:30~18:00(매일)

05 지베르니 모네의 정원 손그림 1

06 오랑주리 미술관 - 모네의 수련 외

　오랑주리 미술관 하면 모네의 수련 연작이 자동으로 떠오른다. 며칠 전 지베르니에 가서 수련의 실제 배경인 물의 정원을 보고 온 우리는 전시관을 가득 채운 수련을 보며 그 감동을 다시 한 번 진하게 느낄 수 있었다. 지베르니에서는 한 순간의 수련을 본 것이었다면, 오랑주리 미술관에서는 아침과 저녁의 수련, 계절의 변화가 있는 수련을 볼 수 있다.

출처: www.musee-orangerie.fr

모네는 지베르니에서 30년간 그려낸 '수련' 연작을 이 오랑주리 미술관에 헌정하고 직접 그 전시를 기획했다고 한다. 수련이 전시된 타원형 전시실에는 천장에서 햇빛이 은은하게 들어온다. 아침에 그린 수련은 동쪽에서 빛을 받을 수 있게 서쪽에 배치하고 저녁에 그린 수련은 그 반대로 동쪽에 배치해서 관람하는 사람이 빛과 작품 사이에서 생생한 느낌 그대로의 수련을 볼 수 있게 만들었다.

안타깝게도 모네는 오랑주리 미술관의 수련이 대중에게 공개되기 전에 세상을 떠났지만, 전세계의 많은 사람들이 모네의 수련을 보기 위해 매일 오랑주리 미술관에 줄을 선다.

오랑주리 미술관에는 모네의 수련 연작 외에도 피카소, 르누아르, 폴 세잔, 앙리 마티스, 마리 로랑생 등 유명한 예술가들의 작품들이 아래층에 전시되어 있다. 솔직히 다른 작가들의 작품에 대해서는 모르고 갔다가 현장에서 발견하고는 덤이나 서비스를 받은 것 같은 기분이 들었다.

출처: www.musee-orangerie.fr

 아이도 "이건 피카소 그림 같은데?" 하고 작품 설명을 보
면 진짜 피카소의 작품이고, 마리 로랑생의 이름을 발견하
고는 "엄마, 샤넬의 초상화를 그렸다가 거절당한 사람이잖
아!" 하며 반가워했다.

 샤넬의 초상화는 다른 곳에 전시 중이라 현장에서 볼 수는
없었지만, 작가의 이름과 화풍을 조금 아는 것만으로도 여
행의 가치가 달라질 수 있다 생각하니 예술에 대해 좀 더 알
고 싶어졌다.

딸과 내가 예술에 대한 짧은 지식을 가지고도 박물관과 미술관 기행을 재미있게 할 수 있었던 것은 여행 전에 읽었던 미술 관련 책들 덕분이다. 대부분의 예술 작품에는 유럽의 역사와 신화, 성경 이야기들이 담겨 있다. 내용을 알고 보는 것과 모르고 보는 것의 차이는 굳이 설명할 필요가 없을 것이다. 유럽 여행을 계획 중이라면 세계사, 미술, 그리스 로마 신화 관련 책들을 틈틈이 많이 읽어 두는 것이 좋다.

오랑주리 미술관은 파리에서 가장 인기있는 미술관 중 하나로, 파리 뮤지엄패스로 방문할 수 있으며, 방문 전 예약이 필수이다.

사실 우리는 오랑주리 미술관 예약을 못하고 그냥 방문했었는데, 오픈 시간에 갔더니 오픈과 동시에 대기 없이 바로 들어갈 수 있었다. 문 열자마자 들어가지 못하면 줄을 오래 서야 한다는 것을 알고 있었기 때문에 아침도 거르고 서둘러 갔던 것인데, 우리 작전이 통했다.

아침은 미술관 안에 있는 카페에서 빵과 커피로 해결했고, 미술관을 나올 때 보니 대기줄이 100미터는 늘어서 있었다.

오전에 한가하게 오랑주리 미술관 관람을 마친 우리는 천천히 루브르 쪽으로 걸어 나와 튈르리 정원 벤치에 앉아 여유를 즐겼다.

오랑주리 미술관

주소   Jardin des Tuileries, 75001 Paris, France

영업시간   09:00~18:00(수~월), 화 휴무

<Grande nature morte - 파블로 피카소>

07 오베르쉬르 우아즈 반고흐 마을

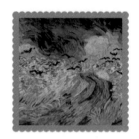

오베르 쉬르 우아즈(Auvers-sur-Oise)는 파리 근교에 있는 작은 마을로, 빈센트 반 고흐가 1890년부터 거주하며 작품 활동을 한 곳이다. 처음 방문하는 낯선 동네가 그리 낯설게 느껴지지 않는 이유도, 우리가 이미 고흐의 작품을 통해 이 마을을 구석구석 봐왔기 때문일지도 모르겠다.

고흐는 생의 마지막을 이 마을에서 보내고 이곳에 묻혔다. '까마귀가 있는 밀밭'의 배경이 된 들판 옆에는 고흐의 무덤이 있는데, 작품지와 함께 많은 사람들이 고흐의 무덤을 찾는다.

<까마귀가 나는 밀밭 - 빈센트 반 고흐>

고흐의 집에서 가이드 투어를 신청해서 고흐의 작은 골방을 보고, 영상을 시청하고 나오는데 가슴이 먹먹해졌다. 현재 가장 유명한 화가 중 하나로 꼽히는 고흐는, 죽기 전 단한 점의 그림만 지인이 사주었을 뿐, 생전에 화가로서 인정을 받거나 작품이 사랑을 받지는 못했다.

왜 그랬을까? 누구나 자기의 때가 있다는 말이 그런 의미일까? 그렇다면 고흐는 평생 아무 대가 없이 재능을 기부한 셈이다. 많이 힘들었겠구나 싶다. 건강하지도, 넉넉하지도 못했던 고흐는 그림을 통해 외로움과 고통을 표현하려했다고 한다. 지금까지 성격이 괴팍한 예술가라고 오해해서 미안한 마음이 들었다.

출처: www.maisondevangogh.fr

고흐의 작품 중 '오베르쉬르 우아즈 성당' 그 성당을 보러 가보니 그림 속 성당 그대로이다. 최대한 비슷한 앵글로 사진에 담아 본다. '고흐가 여기 이 자리에서 성당을 보고 그림을 그렸겠구나.' 생각하니 묘한 기분이 들었다.

마을 전체가 조용하고 예쁘다. 돌담을 쌓아 지은 집들도 예쁘고 벽을 타고 흐드러진 꽃들도 예쁘다. 그래서 고흐가 마을 곳곳을 그림에 그렇게 담았나보다.

고흐의 집에서 1.2km 떨어진 곳에 가셰 박사(Dotor Paul Gachet)의 집이 있다. 인상파 화가들의 후원자였던 가셰 박사는 고흐의 의사이자 친구가 되었고, 또 그의 모델이 되기도 했다. 고흐의 그림 중 <폴 가셰 박사>라는 작품으로 현재 오르세 미술관에 소장되어 있다. 그 작품 속 가셰 박사가 살던 집도 일반인에게 개방되어 관람할 수 있는 것으로 알고 찾아갔으나, 문을 닫아 들어가볼 수 없었다. (2023년 6월 기준)

오베르쉬르 우아즈 고흐의 집

주소 52 Rue du Général de Gaulle, 95430 Auvers-sur-Oise
, France
영업시간 10:00~18:00(수~토), 12:30~18:00(일), 월~화 휴무

08 몽생미셸 수도원

　몽생미셸은 파리 시내에서 차로 4시간 정도 떨어진 노르망디 지역의 작은 섬이다. 708년, 오베르 주교가 미카엘 대천사의 개시를 받아 이 수도원을 짓게 되었고, '성 미카엘의 산'이라는 의미의 몽생미셸(Mont-Saint-Michel)이 되었다. 996년 경 베네딕트 수도사들을 위한 수도원으로 변경되었고, 마을이 형성되며 순례자들의 성지가 되었다. 울퉁불퉁한 바위산에 세워진 수도원은 고딕양식의 대표하는 건축물로 꼽히며 현재는 드라마의 촬영지와 라푼젤, 하울의 움직이는 성 등 애니메이션의 모티브가 되기도 했다. 그리고 대한항공 CF '어디까지 가봤니'의 촬영지이기도 하다.

역사적으로도 중요한 의미가 있는데, 영국과 프랑스의 백년전쟁 동안에는 요새 역할을 하기도 하고, 프랑스 대혁명 이후에는 수도사들을 쫓아내고 감옥으로 사용하기도 했다. 1862년 국립 역사 기념물로 등록되고, 이후 유네스코 세계문화유산으로 등재되었다.

노르망디 지역은 조수간만의 차가 커서 밀물 때는 이 몽생미셸도 15미터까지 수면이 올라 진짜 바다 위 섬이 되고, 썰물이 되면 걸어서 섬까지 들어갈 수 있다.

아무래도 대중교통을 이용해 개인적으로 가기는 힘든 곳이라 여행사 투어를 추천한다. 다른 관광지와 묶음으로 갈 수도 있고, 편안한 고속버스 이동은 물론 전문적인 가이드의 설명을 들을 수 있다.

지베르니와 몽생미셸을 하루만에 다녀오는 투어였는데 아침 7시 30분에 출발해 다음 날 새벽 1시에 돌아왔다. 우리나라로 치면 하루만에 서울에서 대전 찍고 부산 찍고 다시 서울로 돌아오는 여정이고, 차만 10시간 이상 타는 것 같다. 야경을 안 보고 돌아와서 이 정도인 것이지, 야경까지

보고 파리로 돌아온다면 다음 날 새벽에 귀가하는 일정이
다.

 가이드님 말로는 이런 투어는 한국사람밖에 안 한다고 한
다. 외국인들은 보통 몽생미셸에 간다면 근처에 숙소 잡고
하루 이틀 머물며 천천히 관광을 하는데, 18시간짜리 투어
에 큰 버스 가득 사람들이 모이는 걸 보면 한국인들은 관광
도 참 '열심히' 한다. 외국인 기사님이 "차 타려고 투어 하
는 거냐"며 놀라는 것도 이상한 일이 아니다.

 지베르니에서 몽생미셸에 가는 중간에 휴게소에 한 번 정
차한다. 거기서 화장실과 점심을 해결해야 한다. 이동시간
이 길다 보니 먹을 수 있을 때 먹어야 하고 화장실이 있는
곳에서 무조건 다녀와야 한다. 먹는 것과 화장실에 예민한
아이들이라면 조금 불편할 수도 있을 것 같다.

 새벽 일찍 집을 나섰던 우리는 이동하는 버스 안에서 가이
드님이 틀어주시는 음악을 들으며 꿀잠을 잤다. 그리고 오
후 3시가 넘어서 드디어 몽생미셸에 도착했다. 1Km밖에
안 되는 작은 섬 위에 뾰족하게 솟은 수도원, 그리고 좁은

골목과 계단으로 이뤄진 작은 마을이 마치 영화 세트장으로 꾸며 놓은 것처럼 비현실적으로 느껴졌다.

 예배당의 건축 양식도 독특했다. 초기에는 로마네스크 양식으로 지어졌다가 전쟁으로 인해 일부 손실이 되자 이후 고딕 양식으로 보수를 했기 때문에 한 공간에서 로마네스크와 고딕양식 두 가지를 동시에 볼 수 있다.
 몽생미셸은 고생스런 일정임에도 멋지고 특별한 경험이었다. 프랑스 여행을 간다면 꼭 한 번 가보길 추천한다.

몽생미셸 수도원

주소   L'Abbaye, 50170 Le Mont-Saint-Michel, France

영업시간   09:00~18:00(9/1~4/30), 09:00~19:00(5/2~8/31),

휴무(1/1, 5/1, 12/25)

09 뮤지엄패스 200% 활용법

　파리 여행객이라면 필수라 할 수 있는 뮤지엄패스는 2일권 (48시간) / 4일권(96시간) / 6일권(144시간)이 있으며 파리 시내외 유명 박물관, 미술관 입장 관람이 가능하다. 어떤 패스를 사야할지, 어떻게 이용해야 할지 고민이 된다면, 먼저 방문하고 싶은 관광지를 체크해 보자. 그 중에 뮤지엄 패스로 갈 수 있는 곳이 4~5곳 이상이라면 무조건 뮤지엄 패스가 유리하다. 단, 패스로 이용할 수 있는 방문지는 일정을 모아서 시간 안에 방문해야 한다. 또 휴무일과 야간 개장일이 상이하니 여행 계획을 짤 때 동선과 날짜를 잘 체크해야 한다.

　뮤지엄패스는 종이 티켓과 e티켓이 있다. 요즘은 스마트폰을 대부분 사용하기 때문에 e티켓을 구매해서 스마트폰으로 태그하는 것도 편리할 수 있다. 나는 종이 티켓을 구매했는데 종이 티켓은 수령을 별도로 해야 한다는 점이 있지만, 여행 기념품으로 남겨둘 수 있다.

그냥 쉽게 '며칠권'으로 부르지만, 개시한 시점을 기준으로 유효시간이 정해지기 때문에 개시 시간에 따라 2일권으로 3일차 아침까지 쓸 수도 있다. 예를 들어 우리는 목요일 오후 2시에 오르세 미술관에서 개시를 했다. 매주 목요일은 오르세 미술관이 저녁 9시까지 야간개장을 하는 날이기 때문에 오후 내내 여유롭게 돌아볼 수 있어서 오전에 다른 일정을 잡고 오후에 천천히 입장한 것이다. 만약 48시간짜리 뮤지엄패스였다면 목요일 오후 2시부터 토요일 오후 1시 59분까지 유효하다. 입장 시점에 바코드를 찍는 것이기 때문에 유효한 시간까지 입장만 하면 된다. 이렇게 쓴다면 3일 간 사용이 가능하다.

우리는 6일(144시간)짜리 티켓을 구매했다. 파리에 도착하자마자 날짜를 정해서 예약해야 하는 디즈니랜드나 파리 근교 여행사 투어를 먼저 마치고 그 다음 뮤지엄패스를 개시했다.

티켓별 방문지 추천 코스 예

2일 l 48시간　　**4일 l 96시간**　　**6일 l 144시간**

€55
4곳 이상 방문시 유리

€70
5곳 이상 방문시 유리

€85
6곳 이상 방문시 유리

48시간 이내
추천 방문지

96시간 이내
추천 방문지

144시간 이내
추천 방문지

루브르 박물관
오르세 미술관
개선문 전망대
생샤펠
오랑주리 미술관

+
베르사유궁전
퐁피두 센터
피카소 미술관

+
로댕 미술관
군사박물관
팡테옹
콩시에르주리

추천 리스트는 개인적인 의견이며, 순위와 상관 없습니다. 예약 필수!

<출처: blog.naver.com/sweetjoy_blog>

뮤지엄패스로 갈 수 있는 곳들 중 관람 시간이 오래 걸리는 곳은 루브르, 오르세, 베르사유이다. 베르사유는 이동 거리도 있으니 따로 하루를 빼고, 오르세 미술관이 야간 개장하는 목요일 오후에 티켓을 개시했다. 이렇게 야간 개장하는 날 오후에 입장을 하면 좀 더 천천히 여유롭게 관람을 할 수 있고, 마지막 날 +1일째 오전까지 티켓이 유효하기 때문에 하루를 더 쓸 수 있다는 장점이 있다.

파리의 대부분의 뮤지엄들은 18세까지 무료 입장이라 아이와 동반한 경우에는 어른 티켓만 사면 된다. 또 주의할 점은 모든 관광지는 1회에 한해 방문이 가능하다. 우리는 루브르박물관을 두 번 방문했었는데 한 번은 패스로, 한 번은 티켓팅을 따로 했다.

뮤지엄패스를 사면 최대한 많이 방문해야 할 것 같은 생각에 무리해서 일정을 짤 수도 있는데, 이동이 많은 여행보다는 깊게 충분히 즐기는 여행을 권하고 싶다. 꼭 가고 싶은 곳 위주로 하루에 1-2곳 방문한다 생각하면 적당할 것이다.

파리 뮤지엄패스

수령 장소   11 Av. de l'Opéra, 75001 Paris, France

영업시간   09:00~18:00(매일)

10 루브르박물관

파리에서 꼭 방문해야 할 명소 중 이곳을 빼놓을 수 없다. 역사적으로나 건축적으로도 의미가 있는 곳으로, 파리의 심장이라고도 불리는 루브르박물관(Musee du Louvre)이다. 루브르에는 누구나 아는 레오나르도 다빈치의 '모나리자' 외에도 수많은 유명 작품들이 전시되어 있다.

원래 루브르는 12세기 말 필립 2세에 의해 만들어진 궁전이었다. 이후 루이 14세가 베르사유 궁전으로 이주하면서 왕실의 수집품을 전시하는 장소로 쓰기 시작한 것이 지금의 박물관이 되었다. 세계 3대 박물관 중 하나인 루

브르는 전 세계에서 가장 많은 사람들이 방문하는 곳이기
도 하다.

 뮤지엄패스 소지 여부와 상관 없이 루브르 박물관에 들어
가려면 예약이 필수이다. 예약을 하면 피라미드가 있는 중
앙 광장 외에도 양 옆쪽이나 지하와 같은 다른 출입구로 입
장이 가능해서 훨씬 빠르게 들어갈 수 있다.

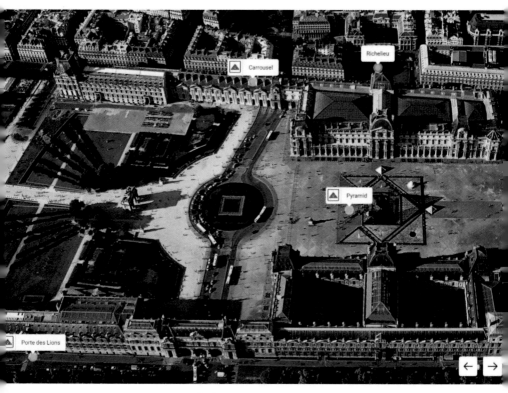

<출처: www.louvre.fr>

우리는 파리에 머무는 동안 루브르 박물관에 두 번 방문했다. 한 번은 뮤지엄패스를 사용했고, 또 한 번은 추가로 티켓을 구매했다. 또 매주 금요일에는 밤 9시 30분까지 연장 운영을 하는데, 매월 첫째주 금요일 저녁 6시 이후에는 박물관이 무료로 개방된다.

루브르박물관은 18세 미만과 유럽에 거주하는 26세 미만은 무료 입장이 가능하다. 입장권을 인터넷으로 예매하면 17유로, 현장 티켓부스에서 사면 15유로이다. 그래서 만약 별도로 표를 사는 경우라면, 인터넷으로 방문 시간 예약만 하고 들어가서 지하 로비에 있는 티켓부스에서 표를 사면 2유로 더 저렴하게 구매할 수 있다. 티켓부스에서는 뮤지엄패스도 판매한다.

루브르는 ㄷ자 구조로 되어 있고, 리슐리외(Richelieu), 드농(Denon), 쉴리(Sully) 세 개로 구분되어 있다. 루브르에서 모든 작품을 다 본다는 것은 시간적으로나 체력적으로 거의 불가능하기 때문에 꼭 보고 올 작품 몇 가지를 선택해서 위치를 확인한 후 동선을 미리 정하면 도움이 된다.

대표적인 작품으로는 고대 유물 3대장으로 꼽히는 밀로의 비너스, 함무라비 법전, 사모트라케의 니케가 있고, '루브르'하면 누구나 가장 먼저 떠올리는 레오나르도 다빈치의 '모나리자'도 있다. 우리는 이렇게 4개를 보는 것으로 일단 계획을 잡았다.

'파리까지 가서, 기껏 루브르박물관에 갔는데 4개만 보고 나오라고?'라고 생각할 수도 있다. 하지만 이 4개 작품의 위치를 찾아 돌다 보면 가는 길에 내가 아는 작가의 작품을 만날 수도 있고, 처음 보는 건데 멋지고 맘에 드는 작품을 발견할 수도 있다.

<함무라비 법전>

<밀로의 비너스>

<사모트라케의 니케>

함무라비 법전은 세계 최초의 법전이다. '눈에는 눈, 이에는 이' 아마 다들 들어봤을 것이다. 이 법전은 법과 질서를 유지하고 시민들 간의 분쟁을 해결하기 위해 만들어진 것으로, 282개의 법률 조항이 원통형 석판에 빼곡하게 새겨져 있다. 우리에게 익숙한 대부분의 작품이 쉴리관에 있다면 이 작품은 완전히 반대쪽인 리슐리외관에 있다. 그래서 우리는 날짜를 나눠서 리슐리외관을 하루 보고, 다른 날 드농관과 쉴리관을 관람했다.

밀로의 비너스(Venus de Milo)는 고대 그리스 조각의 아름다움과 우아함을 대표하는 작품으로, 1820년 그리스 밀로섬에서 발견되었고 프랑스로 가져와 현재까지 루브르박물관에 소장되어 있다. 그리스 신화에서 아프로디테 여신을 묘사한 작품인 만큼 아름다움과 우아함을 느낄 수 있다.

사모트라케의 니케(Nike)는 유명 브랜드 나이키 로고의 모티브가 되기도 했고, 영화 타이타닉에서 유명한 뱃머리 포즈도 이 작품에서 나온 것이다. 그리스 신화에서 승리의 여신인 니케를 조각한 것으로, 목과 팔이 없는데도 바람을 가르며 승리를 축하하는 여신의 모습을 상상하게 된다. 가까

<모나리자> 작품 앞 유리에 비친 수많은 사람들

이서 보면 날개깃과 젖은 옷자락의 섬세한 표현이 정말 놀랍다.

루브르에 방문한 대부분의 사람들이 모나리자를 보기 위해 갔다고 해도 과언이 아닐 정도로 모나리자 작품은 워낙 유명하기 때문에 박물관 곳곳에 모나리자로 가는 길이 표시되어 있다. 그리고 그 길을 따라가다 보면 비너스와 니케 외에도 '가나의 혼인잔치', '나폴레옹 황제의 대관식', '민중을 이끄는 자유'와 같은 유명한 작품들을 만날 수 있다.

아마 그렇게 찾아서 천천히 관람을 하다 보면 슬슬 다리가 아프고 시간은 이미 반나절이 훌쩍 지나 있을 것이다. 그러면 박물관 안에 있는 카페테리아에서 식사를 하거나 스타벅스에서 시원한 음료를 한 잔 하면서 잠시 쉬어도 좋다.

루브르박물관은 가이드 투어가 있어서 가이드를 통해 동선이나 작품해설의 도움을 받을 수도 있다. 만약 부모님을 모시고 갔거나 단체 투어라면 가이드 투어가 좋은 선택이 될 것이다. 우리는 가이드맵 한 장 들고 원하는 작품을 찾아다니며 오디오 가이드로 설명을 들었다. 박물관 지도가 있지만 워낙 계단이 많고 내부 구조가 복잡하다 보니 길을 찾기가 어려울 수도 있다. 그럴 땐 박물관 곳곳에 있는 직원에게 지도를 가리키고 "여기 가는 가장 빠른 길"을 물어봤다.

루브르박물관을 총 세 번 가봤는데, 맨 처음 남편과 여행으로 갔을 때는 모나리자 사진 찍은 것밖에 기억이 안 날 정도로 인파에 밀려 이리 걷고 저리 걷고 했다면, 이번에 딸과 함께 두 번 방문했을 때는 확실히 볼 것 몇 가지를 정하고 미리 동선을 정해 움직이니까 훨씬 덜 헤매면서 더 많이 볼 수 있었다.

아무래도 더 많이 즐길 수 있는 방법은 여행 전 작품을 많이 보고, 알고 가는 것이다. 미술 관련 도서나 유튜브에서 작품 관련 영상을 찾아 보고 가면 도움이 된다.

루브르박물관　　　**루브르 방문 예약**

주소　　　　75001 Paris, France

영업시간　　09:00~18:00(수~목, 토~월), 09:00~21:45(금), 화 휴무

11 오르세미술관

　오르세 미술관(Musée d´Orsay)은 세계적으로 유명한 미술관 중 하나로 파리를 방문한 관광객이라면 루브르박물관과 함께 필수 방문지로 꼽히는 곳이다.

　우리는 오르세미술관에 하루를 할애하고 더 필요한 경우 다시 방문할 수도 있다고 생각했다. 시간이나 다음 일정에 쫓겨 온전히 관람을 마치지 못하는 상황을 만들고 싶지 않았기 때문이다. 그래서 시간도 여유롭게 밤 9시 45분까지 운영하는 목요일로 방문일정을 잡았다.

　원래 오르세 미술관은 파리 세계박람회를 위한 기차역으로 만들어졌으나 1986년 미술관으로 개조되어 현재까지 예술작품을 전시하는 미술관으로 사용되고 있다. 미술관

내부에는 기차역일 당시에 사용되던 커다란 시계가 그대로 남아 있다.

 파리의 박물관들은 시대순으로 감상하는 것도 의미가 있다. 루브르박물관에서 중세시대의 신과 신화 중심의 작품들을 감상했다면, 이곳 오르세미술관에서 사람이 주인공이 된 근대 미술을 감상하고, 퐁피두센터에서 현대 미술을 감상할 수 있다.

 박물관이나 미술관 관람은 생각보다 시간과 체력이 많이 소모되는 일이다. 넓은 공간을 계속 걸으며 작품을 찾고, 또한 작품 앞에서 보고 설명을 들으며 한참을 서있게 되기 때문인데 오르세미술관을 관람하는 효율적인 동선은 0층-5층-2층 순이다.
 0층에서는 밀레의 만종, 이삭 줍는 사람들, 마네의 피리부는 소년 등 미술 전공자가 아니어도 알만한 작품들을 많이 만날 수 있다.
 또 미술관에서는 여러 작가들의 특별 전시회를 기획하기도 하는데, 우리가 방문했던 시기에는 마네, 모네, 르누아르의 작품들을 한 곳에 모아 특별전시를 열고 있어서 한 곳에

서 유명 작품들을 만나볼 수 있었다.

 에스컬레이터를 이용해 5층으로 이동하면 오르세의 SNS 감성샷으로 유명한 포토스팟이 나온다. 바로 시계창이다. 시계창 앞에서면 역광으로 검정색의 실루엣만 나오는데 많은 사람들이 이 한 컷을 찍기 위해 줄을 서있을 것이다. 우리도 여기에서 한 장씩 멋진 사진을 남겼다. 그리고 안쪽으로 이동하면서 르누아르, 고갱, 고흐, 세잔 등 인상파 작가들의 여러 작품들을 감상하면 된다. 어디서 한 번쯤은 본듯한 익숙한 그림들, 유명한 작가들의 실제 작품을 지금 내가 눈 앞에서 보고 있다고 생각하면 조금 신기하기도 하고 예술에 취미가 없던 사람들도 슬그머니 관심이 싹트게 될지도 모른다.
 5층 끝에는 또 하나의 시계창을 품은 멋진 카페가 있다. 여기에서 잠시 쉬며 차를 한 잔 해도 좋을 것 같다.

0층과 5층을 관람하고 나니 슬슬 체력에 한계가 오기 시작했다. 2층에는 조각 작품들이 전시되어 있는데 이곳에서 로댕의 '생각하는 사람'과 '지옥의 문'을 만날 수 있다. 지옥의 문은 단테의 소설 '신곡'을 주제로 만들어진 것으로, 이 지옥의 문 안에 '생각하는 사람', '키스', '아담', '이브'와 같은 수많은 걸작들이 들어 있다. 작품에 대해 잘 모른다고 해도 작품 속 사람들의 표정과 서로 뒤엉킨 모습들이 너무 사실적이어서 눈을 뗄 수 없을 정도이다.

오르세미술관 2층에는 레스토랑이 있는데, 마치 중세 유럽의 궁전처럼 화려하게 내부를 꾸며 놓은 모습이 여자들이 딱 좋아할만한 스타일이다. 유명한 미술관에서 식사를 하는 것도 여행에서 즐겁고 새로운 경험이 될 것이다.

오르세미술관   오르세 내부 맵

주소   1 Rue de la Légion d'Honneur, 75007 Paris, France
영업시간   09:30~18:00(화~수, 금~일), 09:30~21:45(목), 월 휴무

12 조르주 퐁피두센터

루브르박물관에서 중세 미술을 관람하고, 오르세미술관에서 근대 미술을 관람했다면 이번에는 퐁피두센터(Centre Pompidou)에서 20세기 이후의 프랑스 현대미술과 문화를 경험할 차례이다. 퐁피두센터는 시대의 차이만큼이나 외관도 전시도 완전히 색다름을 느낄 수 있다.

퐁피두센터는 젊고 힙한 지역으로 떠오르는 마레지구와 샤틀레레알 사이 4구에 위치하기 때문에 마레지구와 함께 방문 일정을 잡아도 좋다.

현대미술 박물관답게 퐁피두센터는 외관도 현대적이고 독특한 모습이다. 건축 역사상 최초로 노출 구조를 도입하여 전기, 수도, 냉난방 시설 등 모든 건축 구조물들이 외부로 드러나 있다. 40여 년이 지난 지금 봐도 독특하고 눈에 띄는 것이 얼핏 보면 공사중이거나 아직 완성되지 않은 건축물인 것처럼 보이는데, 1970년대 완공되었을 당시에는 정말 획기적인 시도라고 평가받았을 것 같다.

　건물 외부를 따라 투명관처럼 설치된 에스컬레이터를 타고 맨 꼭대기 6층까지 올라가면 에펠탑과 몽마르트 언덕의 사크레쾨르 대성당, 노트르담 대성당 등 파리 주요 관광지를 조망할 수 있다.
　퐁피두센터에서는 마르셀 뒤샹, 앙리 마티스, 바실리 칸딘스키, 피에트 몬드리안 등 현대미술 대표 작가들의 작품을 감상할 수 있다.

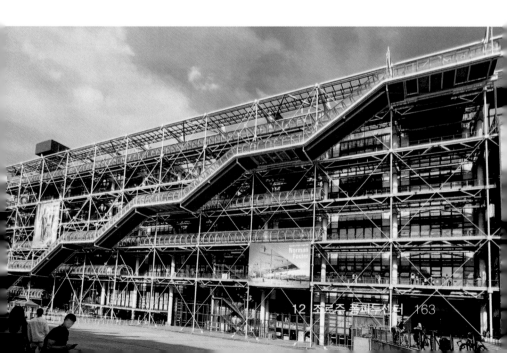

퐁피두센터

주소	Place Georges-Pompidou, 75004 Paris, France
영업시간	11:00~21:00(수, 금~월), 11:00~23:00(목), 화 휴무

13 베르사유 궁전

　세상에서 가장 화려한 궁전이라는 '베르사유 궁전 (Château de Versailles)', 프랑스 부르봉 왕조 시대에 건설된 이곳은 루이 14세의 강력한 권력을 상징하는 건축물이다. 루이 14세는 절대왕정의 확립을 위해 베르사유 궁전으로 왕궁을 옮기고 귀족들을 베르사유로 집합시키거나 자신의 업적을 널리 선전하기 위해 민간인들에게도 베르사유 출입을 자유롭게 하도록 했다고 한다. 심지어 왕궁의 일상을 사람들에게 공개하였는데 침실이나 식사하는 모습, 출산 장면까지도 공개된 적이 있다고 하니 루이 14세 본인은 쇼맨십이나 선전을 위한 것이었을지 몰라도 함께 사는 가족들은 매 순간이 불편하고 긴장되었을 것 같다.

베르사유 궁전은 파리 외곽에 위치해 있다 보니 여행사 패키지를 많이들 이용하는 것 같다. 검색을 해보면 의외로 RER C노선으로 쉽게 방문이 가능하고, 파리 뮤지엄패스로 갈 수 있는 곳이라 나와 딸은 개인적으로 방문 예약을 잡았다. 여기도 홈페이지 사전 예약이 필수이다.

나비고 카드를 사용했던 나는 파리 5존까지 어디든 자유롭게 이동할 수 있었고, 아이는 어린이용 일반 티켓을 왕복으로 샀다. RER C노선 2층 열차를 타고 40분 정도 달리면 종착역인 베르사유 리브 고슈(Versailles Château Rive Gauche)역에 도착한다. 역에서 궁전까지는 도보로 10분 정도 걸리고 대부분의 사람들이 궁전으로 향하기 때문에 그냥 사람들을 따라 걷다 보면 베르사유 궁이 보인다.

궁전 앞 넓은 광장에 입장을 기다리는 사람들이 엄청나게 줄을 서있다. 여러 줄이 있는데 뮤지엄패스가 있고 방문시간을 사전에 예약했다면 예약시간 20~30분 전쯤 A 표지판 앞에 줄을 서면 된다.

베르사유 궁전 하면 안 가본 사람도 아는 '거울의 방'이 있다. 궁전에 있는 모든 공간, 모든 방들이 화려하고 아름답지만 거울의 방은 특별히 더 화려하고 반짝이는 공간이다. 방 전체의 길이가 73m로 정원 쪽으로 17개의 창문과 벽쪽으로 17개의 창 모양 거울이 설치되어 있다. 바로 이곳에서 베르사유 조약(1919년)이 체결되었다.

거울의 방 북쪽과 남쪽에는 각각 전쟁의 방(북)과 평화의 방(남)이 연결되어 있다. 전쟁의 방은 국왕을 상징하는 방으로 대리석과 황금으로 화려하게 꾸며져 있는데 벽면에 황금 장식과 함께 루이 14세를 신격화한 장식이 꾸며져 있다. 평화의 방은 왕비를 상징하는 방으로 유럽 평화를 확립한 루이 14세의 모습이 꾸며져 있다.

베르사유 궁전을 둘러싸고 있는 베르사유 정원은 궁전만큼 화려하고 아름답게 꾸며진 것으로 유명하다. 정원은 뮤지엄패스로 들어갈 수 없고 별도로 티켓을 구매해야 한다. 우리는 날이 너무 뜨거워서 궁전만 관람하고 돌아왔지만, 날씨가 좋은 계절에 방문한다면 정원도 꼭 즐겨보길 추천한다.

베르사유궁전

주소   Place d'Armes, 78000 Versailles, France

영업시간   09:00~17:30(화~일), 월 휴무

14 생샤펠 - 경이로운 빛의 향연

생샤펠(Sainte-Chapelle)은 프랑스어로 '성스러운 예배당'을 뜻하는 말로, 14세기까지 프랑스 왕궁이 있던 시테섬에 지어진 왕실 예배당이다. 노트르담 대성당과도 가까워서 노트르담과 함께 방문 일정을 잡아도 좋다.

뭐니뭐니 해도 생샤펠은 화려한 스테인드글라스로 유명하다. 고딕 양식의 높은 건물에 프레임을 제외한 모든 면이 유리로 되어있다는 것이 놀라울 따름이다. 각각의 창은 문양이 모두 다르게 표현되어 있고, 더욱 놀라운 것은 아담과 이브, 노아, 아브라함, 모세, 이스라엘의 왕들 등 성경의 이야기들이 1113개의 장면으로 묘사되어 있다.

서쪽 전면에는 크고 동그란 모양의 장미창이 있다. 다소 어두운 생샤펠 내부에서 사방의 스테인드글라스를 통해 빛이 내부를 비추는 모습을 보고 있으면 황홀한 기분이 든다.

우리는 여기에서 꽤나 복잡해 보이는 장미창 모양의 직소 퍼즐을 기념품으로 사왔다. 역시나 여행 중에 다 완성하지 못하고 싸가지고 왔는데 여전히 미완성이다.

생샤펠

주소	10 Bd du Palais, 75001 Paris, France
영업시간	09:00~17:00(매일)

15 로댕미술관

　파리 지도를 보면 에펠탑과 루브르박물관 등 유명 관광지가 모여있는 중심에 로댕 미술관(Musée Rodin)이 있다. 바로 옆에는 군사 박물관, 나폴레옹의 묘지가 있는 앵발리드가 있고, 오르세 미술관도 멀지 않다.

　넓은 정원과 저택으로 이뤄진 로댕미술관은 로댕이 죽기 전까지 많은 시간을 보냈던 곳으로, 로댕은 이곳에 미술관을 세우는 조건으로 프랑스 정부에 자신의 작품과 수집품을 기증했다. 그래서 미술관 내부에서는 '생각하는 사람'과 '지옥의 문'과 같은 로댕의 대표 작품들 뿐만 아니라 로댕이 구입해 소장하고 있던 고흐, 모네, 르누아르 등 유명 화가들의 작품도 볼 수 있다.

그런데 '지옥의 문'과 '생각하는 사람'은 오르세미술관에서 이미 봤는데? 어디 있는 것이 진짜이지?' 하는 의문이 들 수 있다. 모두 진짜다. 원래 예술가들은 하나의 작품을 완성하기까지 다양한 습작을 만들기도 하고, 로댕의 작품들은 주물 원형이 남아 있어 같은 작품을 여러 개 만들 수 있다고 한다. 로댕은 작품 제작에 대한 권리와 관리를 프랑스 정부에 모두 넘기고 죽었다. 그래서 로댕의 작품은 제한된 수량만 찍어낼 수 있도록 프랑스 정부가 관리하고 있다.

13호선 바렌(Varenne)역에서 내리면 바로 옆 블록이 로댕 미술관이다. 파리 뮤지엄패스로 입장 가능하고, 보통 미술관들은 사전예약을 해야 하지만, 우리는 평일 오전에 예약 없이 방문하였고, 바로 입장이 가능했다. 미술관에 들어서면 정원 가운데에 생각하는 사람 조각상이 눈에 들어온다. 로댕의 생각하는 사람은 레오나르도 다빈치의 '모나리자'만큼이나 우리나라 사람들에겐 익숙한 작품이다.

저택의 실내 갤러리를 관람하고 나오는 길에 반대쪽 정원 끝에서 '지옥의 문'을 발견했다. 지옥의 문은 프랑스 정부의 주문으로 만들기 시작해 죽을 때까지 작업한 로댕의 대표적인 작품이다. 수많은 걸작들을 포함해 총 190여 명의 인물이 지옥의 문에 담겨 있다. 가까이서 자세히 들여다 보면 각각의 인물들의 표정과 자세가 조각으로 어떻게 이렇게까지 표현했을까 싶을 정도로 구체적이고 리얼하다.

문 위에 있는 '세 망령'은 에덴동산에서 쫓겨난 아담을 표현한 작품이다. 이 조각만 따로 크게 정원에 서있는데 뒤에서 보면 마치 목이 잘린 것처럼 보이지만 앞에서 보면 고개를 90도로 숙이고 있다.

원래 의도대로 장식 미술 박물관의 문으로 설치되지는 못했지만, 로댕의 전생애를 집약한 작품이 되어 많은 사람들에게 깊은 울림을 주고 있다.

지옥의 문 왼쪽 아래에는 어린 아이 같은 작은 인물이 바깥쪽으로 삐져나와 있다. 위치도 딱 아이들 눈높이라 딸 아이가 발견하고 사진을 찍었다. 그리고 신기하게도 아이는 프랑스에서 갔던 많은 유명 박물관과 미술관들 중 로댕미술관이 가장 기억에 남는다고 했다. 사실 로댕미술관은 일정 중에 시간이 안 되면 패스하자고 했던 곳 중 하나이다. 아이의 고집으로 아침 일찍 서둘러 방문했던 것인데, 만약 엄마의 판단으로 들르지 않았다면 아이가 느끼고 받았을 감동은 평생 없을 뻔했다.

아이를 위해 여행을 한다고 하지만, 실은 아이와 함께 다니며 어른의 눈으로 보지 못하는 것을 보고, 어른의 머리로 생각하지 못하는 것을 생각하며 더 많이 느끼게 되는 것 같다. 보고 듣고 느끼는 것이 풍부해지는 여행, 아이와 함께라 가능한 것이다.

로댕미술관

주소   77 Rue de Varenne, 75007 Paris, France
영업시간 10:00~18:30(화~일), 월 휴무

16 피카소미술관

피카소 미술관이 파리에 있으니까 당연히 피카소는 프랑스 사람일 거라고 생각했는데, 사실 파블로 피카소는 스페인 사람이다. 하지만 스무 살도 안 된 나이에 파리로 건너가 일생 프랑스에서 작품활동을 했으니 프랑스에서 파리 한 복판, 핫한 거리 마레지구에 피카소의 작품들을 모아 이렇게 국립 미술관을 만든 것도 이상한 일은 아니다.

피카소 미술관은 예전에 파리에 갔을 때 갈레트와 크레페 맛집을 찾아 마레지구에 가는 길에 본 적이 있다. 그리고 이번에 딸과 함께 유럽 한 달 살기를 하며 로댕 미술관과 피카소 미술관을 각각 방문하게 된 것이다.

사실 로댕과 피카소는 워낙 유명하고 작품들도 많다 보

니 오르세나 오랑주리 같은 유명 미술관에서도 쉽게 볼 수가 있다. 그래서 따로 그들의 미술관을 찾는 관광객은 그리 많지 않다. 우리는 파리 뮤지엄패스가 있어서이기도 하지만, 한 달 살기의 장점인 '여유롭게 즐기기'가 가능했기 때문에 각각 미술관을 따로 방문할 수 있었다.

한 두 가지 잘 알려진 유명 작품만 보고 오기에는 예술가들의 역사와 스토리가 정말 흥미진진하다. 피카소 미술관이 생기게 된 배경만 해도 드라마 같은 이야기이다. 피카소의 유족들이 그가 세상을 떠난 후 상속 재산에 대해 상속세를 낼 돈이 없자 피카소의 작품으로 대신 상속세를 냈고, 국가 소유가 된 작품들을 전시하기 위해 프랑스는 17세기 양식의 대저택을 구입해 미술관으로 개조한 것이라고 한다. 그리고 전 세계에서 유일하게 이곳에서만 피카소 작품의 변천사를 볼 수가 있다.

피카소는 조각과 도기, 석판화에도 소질이 많았던 모양이다. 미술관 곳곳에서 그림 외에도 다양한 작품들도 만나볼 수 있다. 또 1950년 한국전쟁을 배경으로 한 <한국에서의 학살>이라는 작품이 있다. 한국에 한 번도 와본 적 없지만

전쟁에 대한 보도 자료를 보고 그림을 그렸다고 한다.

 미술관 바로 옆에는 어린이 미술 교습소 같은 곳이 있다. 유리창 안쪽으로 아이들의 작품인 듯한 그림들이 보였다. 유럽은 예술 DNA를 기본적으로 갖고 태어나는 건가? 아니면 피카소 미술관 옆에서 기운이라도 받는 건가? 그림과 분위기가 예사롭지 않다. 어릴 때부터 유명 예술작품들을 쉽게 많이 접하고 영향을 받을테니 더 많은 예술가들이 나올 수밖에 없겠구나 싶기도 하다.

피카소미술관

주소   5 Rue de Thorigny, 75003 Paris, France
영업시간   10:30~18:00(화~일), 월 휴무

17 앵발리드 군사박물관

파리의 중심에 위치한 앵발리드(Invalides)는 루이 14세가 부상 당한 군인들을 위해 만든 곳으로 현재는 시민들에게 개방된 공원과 교회, 박물관으로 이루어져 있다. 황금 지붕이라 불리는 금색 돔 아래에는 나폴레옹 1세의 무덤이 안치되어 있다. 무기류가 전시되어 있는 전쟁박물관은 남자 친구들에게 흥미로운 장소가 될 것 같다.

 딸과 나는 바로 옆에 로댕미술관이 있어서 함께 방문 계획을 잡았던 것인데, 큰 기대 없이 갔다가 크고 웅장한 규모와 화려한 내부에 조금 놀랐다. 성인은 패스로 입장이 가능하고 어린이는 무료이지만 티켓 부스에서 무료 티켓을 끊어와야 입장할 수 있다.

파리의 몇몇 유명 관광지에서는 기념 주화나 지폐를 판매하고 있다. 화폐의 가치는 없는 기념품인데 어디서 구매하느냐에 따라 지폐의 그림이 달라진다. 딸아이는 사크레쾨르 성당에 갔을 때에도, 개선문에 갔을 때에도 지폐를 사고 싶어 했으나 타이밍을 놓쳐 사지 못했다. 아쉬워하던 차에 앵발리드 티켓 부스에서 기념 지폐를 판매하는 것을 발견했다. 지폐에 그려진 앵발리드 건축물의 멋진 모습도 마음

에 들었다. 또 다른 곳은 0유로짜리 지폐가격이 3유로였는데, 이곳 앵발리드는 2유로라 기분 좋게 기념 지폐를 구매할 수 있었다.

박물관 내부 관람을 마치고 앵발리드 카페에서 점심을 먹었다. 파리 한 중심에 있는 것 치고는 저렴한 가격에 메인과 음료, 디저트까지 포함된 세트 메뉴를 먹을 수 있고, 저렴한 어린이 세트도 있다. 햇살 좋은 야외 테이블에서 라자냐 세트에 에끌레어와 아이스크림까지 디저트로 맛있게 먹고 다음 장소로 이동했다.

앵발리드

주소   129 Rue de Grenelle, 75007 Paris, France

영업시간   10:00~18:00(매일)

18 파리 시립 현대미술관

　1961년에 개관한 파리 시립 현대미술관은 16구 팔레드 도쿄에 위치하고 있으며, 에펠탑과는 센강을 하나 사이에 두고 가까이에 있다. 그래서 미술관 내부로 들어서면 중앙 창 밖으로 에펠탑이 크고 또렷하게 보인다.

　파리 시립 현대미술관은 8000 점이 넘는 근현대 미술작품을 소장하고 있으며, 앙리 마티스(Henri Matisse), 파블로 피카소(Pablo Picasso) 등 20세기를 대표하는 작가들의 작품을 주로 전시하고 있다.

　왼쪽으로 난 넓은 계단을 따라 2층으로 올라가면 공간을 가득 채운 라울 뒤피(Raoul Dufy)의 '전기요정'이 눈에 들어온다. 전체적으로는 빨강, 파랑, 노랑, 흰색의 바탕색

이라 마치 프랑스의 국기를 연상하게 만든다.

전기요정은 1937년 파리 전력공사가 만국박람회를 위해
특별히 의뢰한 작품이다. 제목과 제작 의도대로 그림 아래
쪽에는 전기를 최초에 발견한 사람, 발전시킨 사람들이 그
려져 있고 위쪽에는 전기로 인해 변화된 생활을 나타냈다.
자세히 들여다 보면 에디슨, 퀴리부인 등 110명의 발명가,
과학자들이 시대별로 등장하고, 그림의 중앙 부분에는 그

리스 신화 속 신들의 모습도 발견할 수 있다. 또 태블릿이 마련되어 있어서 숨은 그림 찾기를 하듯 그림 속 인물들을 찾아볼 수 있고, 3D 영상이나 설명을 볼 수도 있다. 딸 아이는 사람 찾기가 재미있어서 한참을 태블릿을 들고 그림 여기저기를 돌아 다니며 관람했다.

아래층으로 내려가면 다른 예술가들의 작품도 감상할 수 있다. 관람을 마치고 기념품샵에 들러 여기서만 살 수 있는 아기자기한 기념품들도 둘러보자. 파리 시립 현대미술관은 에펠탑에서도 멀지 않은 곳에 있고, 볼만한 작품들이 꽤 많은데 입장료가 무료이다. 미술관 앞 테라스 카페에선 에펠뷰를 감상하며 차나 식사를 즐길 수도 있다. 파리를 방문한다면 꼭 한 번 들러보길 추천한다.

우리가 유럽 한 달 살기를 했던 5월~6월에는 내내 날씨가 맑고 비는 딱 하루, 오후에 잠깐 소나기처럼 내렸는데 바로 파리 시립 현대미술관에 방문했던 날이었다. 그 날도 비 소식은 따로 없었던 것으로 기억한다. 그런데 우리가 미술관에 입장을 하자마자 갑자기 소나기가 마구 쏟아지기 시작했다. 예고도 없이 갑자기 쏟아지는 비에 야외 카페에 앉아 있던 사람들은 우왕좌왕 지붕 밑으로 피하고, 어떤 커플은 비를 맞으며 마구 뛰어 다니기도 했다. 우리는 기가 막힌 타이밍에 신기해 하며 미술관 창밖으로 쏟아지는 비를 내다 보았다.

"비 내리는 날의 에펠탑을 보는 것도 운치가 있고 좋네…"

원래 파리는 날씨가 변화무쌍하다고 들었는데 우리가 파리에 머무는 동안에는 내내 맑고 더워서 잠시 잊고 있었던 것 같다. 비에 촉촉하게 젖은 파리 시내를 보며, 비로소 파리의 일상 중에 우리가 있음을 느낄 수 있었다.

파리 시립 현대미술관

주소   11 Av. du Président Wilson, 75116 Paris, France

영업시간   10:00~18:00(화~일), 월 휴무

제4장 파리 즐기기 - 파리지앵 버전

01 디즈니랜드보다 여기! 아클리마타시옹

파리에는 아이부터 어른까지 모두가 좋아하는 디즈니랜드도 있지만, 작고 가까운 동네 놀이공원 아클리마타시옹도 있다. 이 곳은 원래 계획에 있던 곳은 아니다. 우리는 이미 디즈니랜드에 다녀왔었고 여기에 놀이공원이 있는지도 몰랐다.

파리에 한국 정원이 있다고 들었는데, 루이비통 재단 미술관에 갔다가 미술관 안에 있는 공원에서 한국식 정자와 연못이 있는 한국 정원을 발견한 것이다. 파리에서 느끼는 한국 분위기와 느낌이 반가웠다. 한국 정원은 파리와 서울시가 자매결연을 맺은지 10년을 기념하여 이렇게 파리 한 복판에 작은 한국을 만들게 된 것이라고 한다. 연못에서는 배를 탈 수 있는데, 우리는 프랑스인 가족들이 배타기 체험을 즐기는 모습을 흐뭇하게 지켜 보았다.

이 한국정원에는 독특한 볼거리가 있다. 커다란 공작새가 아무렇지도 않게 사람 옆을 스윽 하고 지나가고, 나무 위에 올라 앉아 노래를 부르거나 꼬리 깃을 한껏 펼치고 뽐내는 모습을 볼 수 있다. 공작새도 한국에서 데려왔는지 모르겠지만, 생각보다 커서 실제 옆에서 보면 깜짝 놀랄 수도 있다. 그리고 머리부터 꼬리까지 흰색의 공작새가 있는데 날개를 펼치고 암컷에서 구애하는 모습이 너무 아름답고 신기했다. 마치 흰색 레이스 드레스를 화려하게 차려입은 듯한 모습이었다.

한국 정원이 있는 공원에는 들어갈 수 있는 방법이 두 가지 있다. 루이비통 재단 미술관을 통해 입장하는 방법과 아클리마타시옹 놀이공원으로 입장하는 방법이다.(유료)

 우리는 루이비통 재단 미술관 관람을 마치고 공원쪽으로 자연스럽게 이동하다가 아클리마타시옹 공원을 발견하게 되었다. 빠르게 돌아가는 회전 그네와 놀이기구들을 보고 아이는 눈이 동그레졌다. 그 날은 이미 폐장 시간이 가까웠기 때문에 구경만 하고 공원 출입문을 통해 나와서 집으로 돌아왔고, 다른 날 티켓을 사서 다시 방문하게 되었다.

자유이용권은 시즌과 요일에 따라 가격이 다르고, 현장에
서 사는 것보다 온라인으로 예매하는 것이 저렴하다. 놀이
기구는 이용하지 않고 공원 입장만 할 수 있는 입장권도 있
다. 아이는 자유이용권을, 나는 입장권을 예매했다. 디즈니
랜드가 에버랜드라면 여기는 서울대공원이다. 디즈니랜드
는 넓고 볼거리가 많고 아기들부터 어른까지 탈 것들이 많
고, 대신 사람도 많아서 한참 기다린 것 같은데 결국 몇 개
못 타고 나온다. 그런데도 뭔가 많이 한 것 같은 느낌이라
면, 아클리마타시옹은 규모가 작아서 놀이기구 간 동선이
짧고 대기가 길지 않다. 우리도 가장 오래 기다린 것이 약

20분 정도였으니. 아이가 하나도 빠짐없이 모든 놀이기구를 타는 데에 2시간이 걸리지 않았다. 모든 걸 다 타본 후에 가장 재미있던 것을 폐장시간까지 반복해서 타고 또 탔다. 놀이기구의 난이도도 아주 높이 올라가거나 거꾸로 매달리거나 하는 위험한 것이 거의 없기 때문에 키 120cm만 넘으면 대부분의 아이들이 다 탈 수 있다. 그 사이 엄마는 벤치에 앉아 쉬거나 아이가 타는 곳 근처 잔디밭에 앉아 기다리면 된다. 넓지 않기 때문에 아이가 시야 밖으로 벗어날 일이 별로 없고, 어른들보다는 대부분 아이들 데리고 피크닉 나온 가족들이 많아서 안전하고 편안한 분위기에서 아이가 자유롭게 놀 수 있다.

물론 디즈니랜드만의 퍼레이드나 일루미네이션은 다른 곳에서는 볼 수 없는 독보적인 것이라서 둘을 비교하긴 어렵다. 하지만 초등 저학년 이하의 어린 아이들과 함께 하는 경우, 파리 중심에서 멀지 않은 위치, 저렴한 가격, 탑승 횟수, 동선 등에 한국 정원과 공작새를 가까이서 만나는 체험까지 본다면 아무리 생각해도 우리에겐 여기가 더 나은 것 같다.

아클리마타시옹

주소   Bois de Boulogne, Rte de la Prte Dauphine à la
Prte des Sablons, 75116 Paris, France

영업시간   10:00~18:00(월~금)), 10:00~19:00(토~일)

02 벌룬을 타고 내려다 보는 파리

파리 관련 정보들을 검색하다가 열기구 사진을 보게 되었다. 위치를 찾아보니 방브 근처 공원이었고, 마침 방브는 벼룩시장으로 유명한 곳이라 방문할 계획이었기 때문에 벼룩시장 가는 날 함께 들르면 되겠다 싶었다.

벌룬은 엉드헤 씨트호엥 공원 안에 있다. 8호선 발라드(Balard) 역에서 내려 공원쪽으로 걷다 보면 커다란 풍선이 하늘에 둥실 떠있는 것을 볼 수 있다.
우리는 주말 오전에 방브 벼룩시장에 방문했다가 오후에 벌룬을 타는 것으로 계획을 잡았고, 오후 두 시쯤 서둘러 공원으로 갔는데 이런.. 오늘은 더 이상운행을 안 한다는 것이다. 오전에는 했는데 오후에 바람이 세져서 운행을 중단했단다. 따로 예약을 받지 않는 이유를 알 것 같았다. 벌룬은 날씨와 바람의 영향을 많이 받기 때문에 실시간으로 운행 여부가 바뀔 수 있다. 예약이 의미가 없는 것이다.

 그냥 집으로 돌아온 우리는 매일 아침에 일어나면 날씨와 벌룬 운행 여부를 확인을 했다. 홈스테이 호스트 아줌마의 도움을 받아 전화로 물어보기도 하고, 홈페이지에 뜨는 업데이트를 보고 운행 안 하는 날은 다른 일정으로 바꾸면서 벌룬 타는 날을 기다렸다. 주로 패턴을 보니 아침엔 바람이 잠잠해서 벌룬이 떴다가도, 오후엔 바람이 세져 취소되는 경우가 많은 것 같다. 그리고 며칠 후, 날씨가 하루종일 좋을 거라고 하여 공원으로 향했고 드디어 탈 수 있었다.

열기구인줄 알았지만 실제로 타보니 땅에 굵은 로프로 고정되어서 풀리면 상공 50M까지 떠올랐다가, 다시 감으면 땅으로 내려오는 것이다. 오히려 안전하게 느껴졌다. 하늘로 올라가니 에펠탑도 더 가깝게 보이고(실제 에펠탑의 2층 높이까지 올라간다) 무엇보다 파리 시내와 센강이 예쁘게 내려다 보였다. 파리는 높은 건물이 그리 많지 않아서 높은 곳에서 시내를 다 내려다볼 수 있는 곳이 별로 없는데 벌룬을 타고 파리를 내려다 보는 것도 좋은 경험이 되었다.

집으로 돌아가는 길에는 미라보 다리쪽으로 걸어 전철을 타러 가는데 도로 뒤로 에펠탑이 아주 가깝게 보였다.
'파리는 정말 어디서나 에펠뷰가 나오는구나. 에펠뷰가 출근길이고, 마트가는 길이고, 강아지 산책시키는 일상이면 어떨까?' 센강변의 아파트들을 보면서 그런 생각이 들었다. 하늘을 날은데다가 뜻밖의 에펠뷰를 만나 괜히 기분이 좋았던 날이다.

벌룬 이용권은 홈페이지에서 예매가 가능하고, 우리는 그루폰에서 조금 더 저렴하게 구매했다. 유용했던 어플에서도 소개하겠지만, 해당 지역의 그루폰 쿠폰을 잘 활용하면 음식점이나 관광지를 저렴하게 이용할 수 있다. 예약 후 바우처 큐알코드를 제시하면 된다.

파리 벌룬

주소   Parc André Citroën, 75015 Paris, France

영업시간 09:00~19:45 (매일)

03 시테섬 숨은 명소, 베르갈랑

파리 1존은 센강이 가로지르고 있고, 그 안에 3개의 섬이 있다. 시테섬, 생루이섬, 그리고 시뉴섬이다. 그중에서 가장 면적이 넓고 파리 중심가에 있는 시테섬은 대부분의 사람들이 노트르담 대성당을 보기 위해 거쳐가는 곳 정도로 생각하며 섬 자체는 그다지 존재감 없지만, 실은 이 섬이 파리의 발상지로 역사적으로 큰 의미가 있는 곳이다.

노트르담 대성당과 생샤펠, 콩시에르주리 감옥과 대법원 등 주요 관광지와 관공서가 시테섬 안에 자리잡고 있다. 그리고 이제 소개하려는 아름다운 공간, 베르갈랑(Vert Galant)도 있다.

퐁뇌프 다리를 건너면 앙리4세의 기마상이 보인다. 그 동상 양 옆으로 내려가는 계단이 있는데 계단 아래에는 비밀스런 작은 공원이 있다. 이 베르갈랑 공원은 시테섬의 최단 모서리에 위치해 있어서 많은 젊은이들이 공원 난간에 걸터 앉아 와인을 마시거나 지나가는 유람선을 향해 손을 흔들어준다.

우리도 근처 가게에서 햄버거 세트와 마카롱을 포장해서 베르갈랑으로 갔다. 삼삼오오 사람들이 앉아있는 사이에 자리를 잡고 걸터 앉았다. 센강 한 가운데 앉아서 예술의 다리와 루브르박물관을 바라보니 앵글도 기분도 새로웠다. 햇살이 강한 오후 시간이었는데 커다란 버드나무가 해를 가리고 그늘을 만들어 주었다. 사가지고 온 햄버거와 마카롱을 먹으며 우리도 지나가는 유람선과 사람들을 구경했다. 물새들이 내 발 밑에 와서 노는 것을 보고 있자니 신기한 기분이 들었다. '같은 시간을 살아도 공간이 바뀌면 분위기도 생각도 몸과 마음의 상태도 모든 것이 바뀔 수 있구나..' 그 순간 자체가 새로운 경험이었다.

다만 베르갈랑 공원은 다리를 늘어뜨리고 앉으면 발이 강물에 아슬아슬 닿을 정도로 물과 가까운 곳이라 안전에 각별히 주의해야 한다. 맥주나 와인을 사간다면 딱 한 병만 사는 것으로.

시테섬 베르갈랑

주소   15 Pl. du Pont Neuf, 75001 Paris, France

영업시간   09:00 ~ 19:45 (매일)

04 에펠뷰를 찍으려면 에펠로 가면 안 돼요!

파리에 도착한 첫 날, 저녁 7시가 넘어 홈스테이 숙소에 짐을 풀었고 밖으로 나왔다. 목적지는 따로 없었고 숙소가 마레지구 근처라 걷다가 괜찮은 식당을 발견하면 저녁도 먹고, 파리 감성을 흠뻑 느끼고 싶어서였다.

파리 중심지를 향해 골목을 따라 걷는데 한글로 된 간판이 보였다. "오케이, 오늘 저녁은 한식이다!" 파리에 오기 전 다른 나라에서 햄버거에 질렸던 우리는 한식이 정말 먹고 싶었다. 아이는 물냉면, 그리고 나는 따뜻한 밥이 그리워 돌솥비빔밥을 시켰다. 정갈한 밑반찬과 밥을 배부르게 먹고 나왔는데 갑자기 아이가 에펠탑을 보러 가자고

하는 거다. 파리 방문이 처음인 딸은 에펠탑이 가장 보고싶었을 것이다. "좋아, 배도 부르니 좀 걸어보자."

거리가 얼만큼인지도 모르고, 집에 가는 교통편도 모르고 그냥 뭐에 홀린 것처럼 우리는 센강 쪽으로 계속 걸어 갔다. 센강변에 도착했을 때는 밤 10시가 넘은 시간이었고, 주변 건물들에 불이 켜지고, 그날따라 달도 슈퍼문이 떠서 파리의 야경이 정말 아름다웠다.

그리고 강변을 따라 계속 에펠탑 쪽으로 걸어갔다. 꽤 오래 계속 걸으며 중간에 오르세미술관 앞 야외 스크린에서 '물 오염'에 관한 영화 상영을 해주는 것도 잠시 앉아서 관람했다. 그리고 아이러니하게도 에펠탑 밑에 도착했을 땐 에펠 모형 기념품 파는 사람들과 바글바글한 관광객들 틈에서 '여길 빨리 빠져 나가야겠다'는 생각밖에 들지 않았다.

숙소로 돌아가는 길도 만만치 않았다. 자정이 가까워 오니 귀가하는 사람들이 몰려 택시도 없고 우버도 잡히지 않았다. 몇 블럭을 걸어서 사람들이 드문 큰 길가로 나와 콜택시를 잡으려니 한참이 걸렸고, 숙소에는 12시가 넘어 돌아왔다. 나중에 지도를 보니 그날 저녁 우리가 거의 9km 정도를 걸었더라.

 나중에 파리에 더 머물면서 깨달은 건 에펠탑을 보거나 예쁘게 에펠뷰를 찍으려면 에펠탑으로 가면 안 된다는 거였다. 여기저기 파리를 돌아다니다 보면 뜻밖의 에펠뷰를 만나게 되는데, 골목을 지나다가 불쑥 커다란 에펠이 보일 때, 어느 건물에 올라갔는데 에펠이 선명하게 나타날 때, 다리를 건너다가, 전철역을 찾아 가다가 우연히 에펠이 '짠' 하고 나타날 때, 정말 반갑고 기분이 좋다.

 다음 리스트는 우리가 파리를 여행하다가 만나거나, 가보려고 찾아두었던 에펠뷰 포토스팟을 정리한 것이다. 언젠가 파리에 가게 된다면 우리가 만났던 그 장소에서 여러분들도 멋진 에펠뷰를 만났으면 좋겠다.

트로카데로 사이요궁(Palais de Chaillot)

누가 뭐래도 파리에서 에펠탑을 가장 막힘 없이 크고 시원하게 볼 수 있는 곳은 트로카데로 사이요궁일 것이다. 계단이나 난간에 서서 에펠탑을 배경으로 그냥 막 찍어도 인생 사진이 나오는 곳이다. 크레페 하나 사서 들고 계단 아래 잔디밭에 앉아 분수와 에펠탑을 보고만 있어도 좋다.

주소: 1 Pl. du Trocadéro et du 11 Novembre, 75016 Paris

샹드마르스(Champ de Mars)

에펠탑 바로 아래에서부터 그랑팔레 에페메르까지 길게 펼쳐진 잔디밭 공원은 에펠을 배경으로 피크닉을 즐길 수 있는 멋진 공간이다.

주소: 2 Allee Adrienne Lecouvreur, 75007 Paris

센강 유람선(바토무슈, 바토파리지앵 등)

센강 유람선은 앞에 3장에서도 소개한 것처럼 파리에 갔다면 한 번쯤 즐겨봐야 할 필수 코스 중 하나이다. 유람선을 타고 파리의 유명 랜드마크를 둘러보게 되는데 아무래도 하이라이트는 에펠탑이다. 갑판 위에서 에펠탑을 배경으로

트로카데로 샤이요궁(Palais de Chaillot), 파리 16구

사진을 남겨 보자.

까모엔가(Av. de Camoens)

파리 16구 고급 주택들 사이에 숨은 에펠뷰 포토스팟이 있다. 이제는 제법 유명해져서 웨딩이나 여행 스냅 촬영팀을 많이 만나게 될 것이다. 길 끝 계단 난간 걸터 앉아서 나무와 건물 사이로 나온 에펠을 배경으로 사진을 찍으면 그림 같은 작품이 나온다.

주소 : Av. de Camoens 75116 Paris

비르하켐 다리(Pont de Bir Hakeim)

파리 15구에 위치한 비르하켐 다리는 영화 인셉션 촬영지로도 유명하고 스냅 촬영 장소로 워낙 많이 알려진 곳이다. 바글대는 관광객들을 피해 감성 스냅 분위기를 내고 싶다면 자연스러운 연출을 하기에 딱 좋은 장소이다.

주소: Pont de Bir-Hakeim, 75015 Paris

미라보다리(Pont Mirabeau)

미라보다리도 에펠뷰 스냅 촬영 장소로 유명한 곳으로 자유의 여신상과 에펠탑을 한 번에 잡을 수 있는 포토스팟이다.

<까모엔가(Av. de Camoens), 파리 16구>

주소: Pont Mirabeau, 75015 Paris

드비이 육교 또는 드빌리 인도교(Passerelle Debilly)
1900년에 만국박람회를 위해 세워진 드비이 육교는 차가 다니지 않는 보행자 전용 다리이다. 원래는 폐막 후 철거할 예정이었으나 에펠탑과 함께 여전히 남아 있어 더욱 의미가 있다.

주소: Passerelle Debilly, 75007 Paris

7구 내 골목 골목
파리 7구 내에서 에펠탑과 나란히 있는 골목들을 주목하자. 몽테수이(Rue de Monttessuy), 부르도네(Av. de la Bourdonnais), 생도미니크(Rue Saint-Dominique) 모두 골목을 걷다 보면 건물들 사이로 에펠을 만날 수 있다. 거리에 있는 카페 야외 테이블에서 에펠을 배경으로 브런치를 즐기거나, 그냥 길을 걸으며 자연스런 스냅샷을 연출해도 좋다.

파리시립현대미술관&팔레드도쿄
나란히 서있는 두 미술관은 에펠탑과 대각선 방향으로 센

<파리시립현대미술관, 파리 16구>

강 건너편에 있어서 에펠탑이 꽤 크게 잘 보인다. 중앙 테라스 난간에서 또는 분수가 있는 중앙 광장에서, 심지어 미술관 로비에서도 에펠탑이 아주 잘 보인다.

주소: 11 Av. du Président Wilson, 75116 Paris, 프랑스

발자크의 집(Maison de Balzac)

프랑스 작가 발자크가 살았던 집이다. 그가 살던 1840년대에는 에펠탑이 없었으나 이후 에펠탑이 생기면서 집과 정원에서 에펠뷰가 멋지게 보이는 전망 좋은 집이 되었다. 일부러 찾아갈 정도는 아니지만 근처를 지나게 된다면 한 번쯤 들러 정원에서 차나 커피를 마시며 에펠뷰를 감상하는 것도 좋을 것 같다.

주소: 47 Rue Raynouard, 75016 Paris, 프랑스

에투알 개선문

루브르박물관, 오르세미술관과 함께 파리에서 꼭 가봐야 할 관광명소 에투알 개선문이다. 전망대에 올라서면 파리 시내와 함께 웅장한 에펠탑을 마주할 수 있다.

주소: Pl. Charles de Gaulle, 75008 Paris

<에투알 개선문, 파리 8구>

퐁피두센터

3장 퐁피두센터에서도 언급했지만, 에스컬레이터를 타고 6층 미술관 루프탑에 올라가면 파리 시내 전체를 조망할 수 있다. 저 멀리 에펠탑은 물론, 사크레쾨르성당, 노트르담 대성당 등 유명 랜드마크를 다 내려다볼 수 있다.

주소: Place Georges-Pompidou, 75004 Paris, 프랑스

에펠뷰 레스토랑들

트로카데로에 있는 지라프(Girafe Restaurant), 몽파르나스 타워의 르씨엘(Le Ciel de Paris Restaurant), 팔레 드도쿄에 있는 밤비니(Bambini Paris), 드비이 육교 근처에 있는 레종브레(Les Ombres) 등 에펠탑을 배경으로 깔고 식사할 수 있는 카페와 레스토랑들은 모두 미리 예약해야만 갈 수 있는 곳들이다.

05 궁전 안뜰에서 티타임 즐기기

  프티 팔레(Petit Palais)는 '작은 궁전'이라는 뜻의 미술관으로, 에펠탑, 그랑 팔레, 알렉상드르 3세 다리와 함께 1900년도에 만국박람회를 위해 만들어졌다. 건축물로도 유명한데 특히 중앙에 8각 원형의 중정이 독특하고 아름답다.

  곁에서 봤을 때는 아담해 보이지만 30개의 전시실에 르네상스 시대부터 20세기까지 다양한 미술 작품을 전시하고 있는 파리 5대 미술관 중 하나라고 한다. '프티(Petit)'라는 이름 때문에 규모가 작을 것이라고 내가 오해를 했다.

  프티 팔레는 중앙 정원이 예쁘다는 소문을 듣고 찾아간 곳이라서 빠르게 작품들을 관람하고 안뜰로 나갔다.

중정은 나무와 꽃들로 가득했고, 여기 저기 테이블이 놓여 있었다. 중정을 향해 둥근 모양의 열린 통로가 있고, 천장은 돔 형식으로 화려한 그림이 그려져 있다. 건물의 벽은 커다란 유리로 되어 있어서 미술관 내부 어디서든 이 안뜰을 공유하게 된다. 사람들이 레스토랑에서 차와 음료를 주문해 나와 중정에 앉아서 즐기는 모습이 보기 좋았다. 우리도 테이블을 하나 잡고 앉아 나는 커피를 마시고 아이는 종이와 색연필을 꺼내 그림을 그렸다.

프티 팔레는 시립 미술관이라 입장료도 받지 않는다. 중정을 즐기며 식사가 가능한 레스토랑도 있고, 특별 전시를 포함해 전시되는 작품들도 훌륭하다. 왜 진작 가지 않았을까.. 여행 막바지라 몇 번 더 방문하고 오래 머물지 못한 것이 많이 아쉬웠다. 다음에 또 파리에 간다면 프티 팔레에서 밥 먹고, 차 마시고, 관람하고, 중정에서 더 많은 시간을 보낼 생각이다.

프티팔레

주소   Av. Winston Churchill, 75008 Paris, France
영업시간   10:00~18:00 (화~일), 월 휴무

06 파리에서 보물 찾기 - 주말 벼룩시장 방브, 생투앙

런던에서도 그랬고 파리에서도 우리의 주말 일정은 '벼룩시장 구경'이었다. 파리에도 유명한 벼룩시장이 있는데, 우리는 방브와 생투앙 두 곳을 다녀왔다.

먼저 방브 벼룩시장(Vanves Flea Market)은 15구에서도 멀지 않은 곳으로 13호선 Porte de Vanves 역에서 가까운 곳에 있다. 이곳에는 다양한 빈티지 의류, 골동품, 고가구, 주얼리, 시계, 책, 레코드, 예술품 등 다양한 상품을 판매하는 부스가 골목을 따라 늘어선다.

크지 않은 규모에 주택가 골목이라 조용하고 친근한 분위기였고, 런던의 유명 마켓들처럼 관광객이 많이 찾는다기 보다는 현지인들이 예술품이나 빈티지 제품을 찾는 곳

같았다.

우리도 여기에서 접시와 작은 소품들을 구입했다. 내가 그림들 구경하는 동안 소품 가게에서 소품을 뒤지던 딸 아이가 미니어처 바구니를 집어 들고 얼마냐고 묻자 주인 아주머니는 웃으며 그냥 가지라고 주셨다고 한다. 이렇게 구경하는 재미에 가격 흥정과 덤까지 있는 벼룩시장이니 우리 모녀가 좋아하지 않을 수가 없다.

방브 근처에는 벌룬을 탈 수 있는 엉드헤 시뜨호엥 공원이 있다. 트램을 타고 10분 정도만 이동하면 되고, 벼룩시장은 보통 아침 일찍 개장해서 오후 2시에는 문을 닫기 때문에 오전에 마켓 구경을 한 후 오후 시간은 공원에서 보내는 것도 좋을 것 같다.

파리 북쪽에 위치한 생투앙 시장은 좀 더 규모가 큰 편이다. 1885년에 공식 개장한 이곳은 10개 이상의 시장과 2천 개가 넘는 노점상으로 이뤄진 세계 최대의 골동품 시장이다. 지도를 보면 여러 이름의 플리마켓들이 복잡하고 다양한 구역으로 표시되어 있고, 각 구역마다 판매하는 물건들의 특징이 있다.

마르쉐 베르네종(Marché Vernaison)은 이곳에서 가장 오래된 시장으로, 미로 같은 골목을 따라 300여 개의 노점에서 그릇과 은식기, 도자기, 가구, 골동품 액자와 유리제품 등을 찾아볼 수 있다. 그릇 쇼핑이 주 목적이었던 우리는 여기에 먼저 들어갔다. 원래 계획은 오전에 3-4시간 정도, 마켓 3곳을 둘러 보자는 것이었는데, 그 3-4시간을 베르네종에서 다 쓰고 끝났다. 이 넓은 시장을 전체적으로 돌아 보려면 하루종일 봐도 모자랄 것 같다.

마켓 내 상점은 대부분 카드 결제나 애플페이로 결제가 가능했다. 다만 영어로 소통이 잘 안 되는 상점들도 많으니 휴대폰에 파파고 어플을 준비하자. 보통 몇 개, 가격 등 숫자는 영어로 통하니 크게 당황하지 않아도 된다.

어느 가게에서는 에펠 모양의 가위가 마음에 들어 기념품으로 사려고 보니, 가위가 하나밖에 없는 것이다. 주인 아주머니에게 이거 몇 개 더 사고 싶다고 했지만 프랑스어로 답변을 해서 알아들을 수가 없다. 가위를 집어 들고 손가락을 펼쳐 여러 개라는 의미를 전달 하자 없다고 하신다. 어쩔 수 없이 에펠 모양 티스푼을 10개 사기로 사고 다른 잔들과 함께 계산을 하는데 아주머니가 에펠 가위로 포장을 하고 있는 것이다. 가위가 꽤 마음에 들었던 우리는 지금 쓰고 있는 그 가위까지 사고 싶다고 했다. 그 상점에서 쇼핑을 하고 있던 일본인 여자분이 우리의 답답한 상황을 보고 내 말을 아주머니에게 프랑스어로 전달해 주었다. 그러자 아주머니는 난처한 표정으로 갸우뚱 하더니 뭐라고 한 마디 했다. 의미를 모르는 우리는 일본인을 다시 쳐다봤고, 그분은 깜짝 놀랐다. 아주머니가 쓰던 에펠 가위를 공짜 서비스로 넣어 주신다는 것이다. 상황을 이해하고 나서야 주인 아주머니와 함께 큰 소리로 웃었다. 쓰던 가위를 뺏어서 조금 미안한 마음도 들었다.

주인 아주머니는 기분 좋게 웃으며 가위를 함께 포장해 넣어 주셨고, 우리는 큰 소리로 "메흐시(Merci)!"하고 인사했다. 도와주신 일본분께도 감사의 인사를 전했다.

사실 생투앙 지역이 그리 안전하거나 추천할만한 곳은 아니다. 파리 1존에서 벗어난 지역이기도 하고, 다소 위험하다고 알려진 18구 바로 위쪽이다. 아무래도 사람들이 많이 모이는 시장이다 보니 소매치기 등의 위험이 있는 곳이라서 우리도 방문했을 때 휴대품에 신경을 쓰고 괜히 옆에 지나가는 사람들을 경계하기도 했다.

하지만 말이 안 통해도 기분 좋게 서비스를 챙겨주는 상점 주인과, 같은 외국인이라고 지나가다가 먼저 도와주는 사람들이 있는 이런 벼룩시장이 나는 재미있고 좋다.

 베르네종 외에도 Marché Malassis, Marché Dauphine
등 여러 시장들이 있으니 골동품이나 앤티크 그릇, 그림 등
에 관심이 있다면 한 번쯤 들러볼만하다.

방브벼룩시장   **생투앙벼룩시장**

주소   14 Av. Georges Lafenestre, 75014 Paris, France
영업시간   07:00~14:00 (토~일), 월~금 휴무

주소   99 Rue des Rosiers, 93400 Saint-Ouen-sur-Seine, France
영업시간   10:00~18:00 (토~월), 화~금 휴무

07 먹고 마시고 관람하는 루이비통

루이비통(Louis Vuitton) 하면 브라운 색상의 LV로고가 그려진 가방들이 떠오른다. 1985년 프랑스 파리에서 설립된 루이비통은, 처음에는 안전한 여행용 가방을 만드는 것에서 시작해 현재의 세계적인 럭셔리 패션 브랜드가 되었다.

보통 명품 브랜드는 가방, 지갑, 신발, 의류 등 상품을 판매하는 곳이라 생각하겠지만, 파리에서 느낀 루이비통은 예술, 문화, 요식과 같이, 일상에 훨씬 더 가까운 것이었다. 루이비통 재단(Louis Vuitton Foundation) 미술관에서 앤디워홀과 바스키아의 작품들을 관람하고, 사마리텐 백화점 옆에 있는 맥심 프레드릭 루이비통 카페에서 모노그램 무늬의 초콜릿 케이크와 커피를 맛볼 수 있다.

카페에서는 음료와 디저트만 판매하는 것이 아니다. 바로 옆에는 상품을 전시해 두어서 자연스럽게 돌아보며 구매를 할 수도 있다. 이곳에 있는 상품들은 일반 매장에서는 보기 힘든 유니크한 상품들이 전시되어 있다.

루이비통 재단은 아클리마타시옹 공원 내에 위치해 있으며, 예술과 예술인들을 위해 설립되어 다양한 예술가들의

작품이 전시되고 있다. 미술관이 정말 독특한 구조로 되어
있어서 여러 공간을 관람하다가 보면 계단을 따라 옥상까
지 이르게 된다.

루이비통 미술관의 옥상 카페에서 커피를 한 잔 사서 아무
데나 걸터 앉아 공원을 내려다 보는 것도 이곳에서만 누릴
수 있는 특별한 경험이다.

 로비에 있는 기념품샵에는 작품집이나 엽서 등 다양한 상
품을 판매하고 있는데, 루이비통 재단인 만큼 루이비통 로

고가 박힌 파우치와 에코백이 인기이다. 이곳 미술관은 어른과 어린이 모두 별도의 입장료가 있다. 방문할 때는 홈페이지를 통해 사전 예약을 하는 것이 좋다.

루이비통재단　　　　**루이비통카페**

주소　　　　　8 Av. du Mahatma Gandhi, 75116 Paris, France
영업시간　　　11:00~20:00(토~일), 12:00~19:00(월, 수~금), 화 휴무

주소　　　　　2 Rue du Pont Neuf, 75001 Paris, France
영업시간　　　11:00~20:00 (매일)

　파리의 1구, 그야말로 파리 한 복판에 위치한 아름다운 공원 튈르리정원(Tuileries Garden)은 1564년 튈르리 궁전의 정원으로 만들어졌으나, 프랑스혁명 이후 공공에 개방되었다. 루브르박물관과 튈르리 궁전 사이에 있어서 관광객들 뿐만 아니라 파리 시민들도 많이 찾는 휴식 장소이다.

　우리도 루부르박물관 관람을 마치고 나오는 길에, 또 오랑주리미술관에 갔던 날도, 오르세미술관에 가는 길에도 이 튈르리정원에 들러 놀이터에서 놀기도 하고, 분수 옆 벤치에 앉아 멍때리기도 하며 시간을 보냈다.

명색이 왕궁의 정원이었던 곳이라 규모도 크고 관리도 잘 되어 있는데다가, 360도 카메라 앵글을 어디에 두어도 멋진 사진이 연출되는 곳이다. 날씨가 좋은 날에는 정원에 앉아만 있어도 좋을 것 같다.

천천히 깊게 들여다보는 여행을 하자고 떠난 한 달 살기였지만, 나는 워낙 타고난 성향이 휴양 보다는 많이 보고 많이 돌아다녀야 만족하는 편이다. 유럽에서도 꽤 많은 박물관과 미술관, 관광지를 다녔다. '그래도 이 먼 곳까지 왔는데..' 하는 생각에 자꾸 일정을 채워 넣는 것이다.

한 달 살기를 하는 동안 매일 어딘가에 갔었고, 주말에도 일정 없이 쉬는 날이 없었다. 그런데도 지치지 않고 매일 새롭게 즐길 수 있었던 이유는 모든 일정 중에는 '공원 = 쉼'이 있었기 때문이다. 우리는 돗자리를 백팩에 가지고 다녔고, 공원이 있는 곳에서는 점심을 포장해다가 돗자리를 펴고 앉아서 먹었다. 유럽 한 달 살기에서 돗자리는 필수품이다.

생각해 보면 그냥 공원에 앉아 풍경과 지나가는 사람들을 보고, 아이가 뛰어 노는 모습을 보며 아무 것도 하지 않았는데, 그것조차 우리에겐 여행이었다. 편하고 여유로웠던 그 느낌을 가지고 왔고, 그때의 행복했던 순간이 사진을 볼 때마다 소환된다.

튈르리정원

주소	Pl. de la Concorde, 75001 Paris, France
영업시간	07:00~21:00(매일)

PART3

파리 여행을 마치며

01 파리 여행 총경비

총 경비에 대해서는 런던 편에서도 자세히 기재를 했기 때문에 간단히 언급하고 넘어가려고 한다. 우선 가장 큰 비중을 차지하는 항공권과 숙소에서 우리는 비용을 많이 아낄 수 있었다. 그동안 모아 두었던 마일리지를 이용해 2인 왕복 항공권을 마련했고, 귀국편은 비즈니스로 변경하면서 100만원 정도 추가되었지만 유상발권하는 것보다 훨씬 저렴하게 유럽 항공권을 구매한 셈이다.
숙소도 1박에 최소 20만원 이상하는 호텔 대신 홈스테이를 선택하면서 2인 1박에 10만원 정도 가격으로 한 달 살기가 가능했다.

물가가 비싼 유럽이라 식비가 생각보다 많이 들었는데, 점심에 프랑스 레스토랑에서 과하게 먹은 날은 아침 저녁을 숙소에서 해 먹으며 지출을 조절했다. 햄버거를 먹으면 2인 3만원 정도, 스테이크를 먹으면 7~10만원 선이었고, 대중교통을 이용하고, 간식을 사먹거나 기념품을 사는 것 등 전체적으로 쓴 돈을 계산해 봤을 때 하루 평균 10만원 정도 지출했다.

내역	지출	상세
항공권	150	마일리지 이용(이코노미+비즈니스)
숙소(홈스테이)	250	10만원/2인, 1박
유로스타	15	런던-파리 이동
교통+식비	250	10만원/2인, 1일
입장료+투어	140	파리 뮤지엄패스, 디즈니랜드, 몽생미셸, 지베르니, 루이비통 재단&카페, 바토무슈, 루브르 추가입장, 반고흐 박물관 (+런던에서의 비용 포함)
합계	805	

<유럽 한 달 살기, 2인 여행 총경비>

02 해외에서 유용한 앱 소개

다음 앱들은 어느 나라에서나 유용하고 많이 쓰는 앱이니 스마트폰에 깔아두고 해외여행 갈 때마다 활용하자.

● 구글지도 (Google Map)

단순히 길찾기뿐만 아니라 루트 저장이나 공유, 오프라인 지도 이용도 가능해 여행에서 없어서는 안 될 앱 중 하나. <너의 여행을 응원해!> 시리즈에는 여행지도 QR맵을 제공하는데, 모두 구글지도 링크로 연결된다.

● 우버(UT), 볼트, 프리나우, 그랩 등 택시 배달 앱

앞의 셋은 유럽에서, 그랩은 동남아에서 대중교통이 여의치 않을 때 편리하게 쓸 수 있는 앱이다. 음식 배달도 이용할 수 있고, 꼭 배달을 시키지 않더라도 주변

에 어떤 음식점이 있고, 후기는 어떤지 살펴볼 수도 있어 유용하다.

● 파파고

　현지에서 의사소통이 안 될 때 필요한 통번역 앱으로 파파고가 있다. 글로 써서 찾는 것 말고도 외국어 그대를 캡쳐해서 번역하거나, 외국인이 하는 말을 녹음해서 바로 번역해서 볼 수 있다. 반대로 내가 하고 싶은 말을 한국어로 녹음해서 현지어로 전달하는 것도 가능하다.

● 트래블월렛

　국가에 따라 교통카드 사용은 차이가 있지만, 대부분의 국가에서 컨택리스 카드로 사용이 가능하다. 결제만 할 거라면 다른 카드나 페이도 있지만, 교통카드와 외국 현지 은행에서 수수료 없이 현금 출금까지 할 수 있고 앱을 깔면 지출 정리까지 되니 여행 시 편리하다.

● 외교부 해외안전여행

　해외에서 긴급한 상황에 대한민국 영사관에 도움을 취할 수 있는 앱이다. 해외안전여행 앱에 내 여행일정을 미리 등록해 놓으면 여행국가의 최신 안전정보를 받아볼 수 있고, 위급상황 발생 시 등록된 비상연락처 (가족에게)로 위치 정보를 즉각 문자 전송해 준다. 또 터치만 하면 바로 영사콜센터로 연결되어 통역 서비스나 긴급 여권발권, 신속 해외송금과 같은 도움을 받을 수도 있다.

● 그루폰 (Groupon, 해당 도시)

현지 레스토랑, 액티비티, 서비스, 상품 등을 20~30% 저렴하게 이용할 수 있는 앱이다. 예를 들어 그루폰 앱에서 지역을 '파리'로 지정해 주면 파리 내에서 이용할 수 있는 상품들이 나온다.

우리는 파리에서 그루폰으로 벌룬을 절반 가격 정도에 이용했고, 근처 레스토랑을 검색해 버거 세트나 디저트 세트를 할인된 가격으로 사먹었다. 그루폰으로 예약하면 편리한 점은 미리 상품 구성이 정해져 있기 때문에 하나씩 메뉴를 골라야 하는 부담이 없고, 매장에 가서 바우처만 보여주면 빠르게 주문할 수 있다.

단, 모든 레스토랑이 맛집이거나 모든 세트메뉴가 저렴한 것은 아니니 후기를 잘 확인할 것.

03 파리의 추억

Q. 파리에 간다면 또 가고 싶은 곳은?
A. 딸 : 에펠탑, 개선문 전망대, 베르사유 궁전 옆 대운하 공원, 시내에서 자전거 타기

엄마 : 첫 번째는 '프티팔레' 시간이 없어서 전시 관람을 제대로 못했던 것이 아쉽기도 하고, 안뜰 정원이 너무 예뻐서 다음에 간다면 천천히 관람하고 안뜰 카페에서 차와 브런치도 시켜 먹으며 하루종일 머물고 싶다.
두 번째는 '생투앙 벼룩시장'. 생각보다 넓어서 다 못 보고 온 것이 아쉽다. 얼마나 예쁘고 멋진 그릇들, 장식품들이 많을까.. 다음에 파리 가면 꼭 다시 가야지!

파리에는 리스트에 담아놓고 다 가지 못한 곳들이 너무 많다. 리슐리외 도서관, 몽파르나스 타워, 파리 자연사박물관, 바스티유와 보쥬광장, 오페라 관람도 결국 못했고, 마레지구와 생제르망 거리 노천 카페도 못 가보고 몽마르트 언덕도 다시 한 번 가보려고 했는데 가지 못했다. 파리는 언제든 다시 가야 할 이유가 충분하다.

Q. 파리에서 먹은 음식 중 가장 맛있었던 것은?

A. 딸 : 오리고기, 스테이크, 크레페, 수박, 납작복숭아, 말린 소시지, 마카롱, 하리보 아이스크림

 엄마 : 말린 소시지, 루꼴라 샌드위치, 캬라멜 시럽 듬뿍 바른 크레페, 버터와 토마토

Q. 파리 여행 중 아쉬웠던 점은?

A. 딸 : 베르사유 궁전에서 날씨가 더워서 공원을 포기하고 돌아왔던 것.

 엄마 : 와인의 나라에 가서 와인을 못 마신 것.

와인에 대해 잘 알지 못하기도 했고, 아이와 매일 해가 질 때까지 돌아다니다 들어오니 기회가 거의 없었다. (파리에서는 저녁 5시가 넘으면 마트에서 주류를 살 수 없다.) 가끔 레스토랑에서 식사할 때 한 잔씩 시켜 마셨고 한국에 올 때 샴페인과 레드와인 한 병씩 사서 가져왔다. 다음 번엔 미리 와인에 대해서도 공부를 좀 해서 다양한 와인들을 경험해 보고 싶다.

Q. 내가 느낀 파리는?

A. 딸 : 해가 늦게까지 떠 있어서 신기했고, 밤 늦게까지 밖에서 즐기는 사람들이 많았다. 흥이 많고 밝은 분위기를 느낄 수 있었다.

엄마 : 예술적으로 시대와 공간을 초월해 살아가는듯 느껴졌다. 아이들은 교과서가 아닌 박물관에서 진짜 예술 작품을 보며 미술 수업을 듣고, 미술관 옆 공원에서는 공작새와 함께 뛰어 논다. 패션과 미식의 나라답게 어딜 가나 눈과 입이 즐거운 곳이지만, 의외로 센강변에 걸터 앉아 이야기를 나누거나, 튈르리 공원 벤치에서 오후 내내 책을 읽는 사람들에게서 소박한 행복

이 느껴졌다. 우리에게는 없는 그들만의 여유로운 감성이다.

 나도 같은 공간에 앉아 파리지앵 흉내를 내보지만 한 시간을 넘기지 못하고 스마트폰을 꺼내거나 해야할 일들을 머릿속에 떠올리기 시작한다. 역시 여유도 아무나 부리는 게 아닌가 보다.

 '살기'라는 표현이 민망할 정도로 짧은 기간이었지만, 그들의 아침과 저녁을, 평일과 주말을 현지인들과 같이 보내며, 박물관과 관광지, 시장과 공원에서 사람들 속에 섞이며 조금은 프랑스라는 나라, 파리라는 아름다운 도시와 친해진 느낌이다.

 시간이 많이 지난 후에도 우리가 그때 거기, 파리에 살았던 것을 두고두고 추억할 수 있을 것같다.

'한 달 살기'라는 중독

엄마는 내 아이들을 위해 철 따라 좋은 식재료를 고르고 영양소를 살피고 아이의 건강과 발육을 체크합니다. 레시피를 찾아 열심히 요리를 해서 식탁에 올리면 아이들이 맛있게 먹고, 그 모습이 흐뭇해 사진에 남기죠.

지금 당장 밥 한 그릇, 고기 한 접시 먹었다고 키가 쑥 크지는 않지만 어느샌가 아이는 반드시 자라 있어요.

여행도 이와 같다고 생각해요. 여행에서 아이가 오감으로 경험한 것들, 머리와 가슴으로 느낀 것들이 당장 눈에 띄지는 않겠지만, 그런 여행의 경험들이 모여 아이의 감성을 자라게 하고 생각과 마음이 큰 사람으로 만들어 줄테니까요.

꼭 즐거웠던 기억뿐만 아니라 힘들고 아찔했던 순간들, 싸우고 서운했던 일들까지도, 지나고 보면 나쁜 감정들은 사라지고 여행지에서의 모든 일들이 웃으며 함께 이야기할 수 있는 재미있는 추억이 되어 있어요.

이렇게 여행 공감은 아이와 부모 모두에게 일상의 근력이 되고, 떠올릴 때마다 행복을 소환하는 장치가 됩니다. 자꾸 가고 싶어 지겠죠?

서쪽 유럽을 가봤으니 다음은 동쪽 유럽을 가볼까, 남쪽 유럽을 가볼까? 아니면 완전히 다른 대륙에서의 한 달 살기는 또 어떤 느낌일까? 저는 또 떠날 궁리를 하며 오늘도 지도를 펼칩니다.

'너의 여행을 응원해! 아이와 함께 유럽 한 달 살기 - 런던'편에서 아이와 함께 여행하는 이유, 여행의 의미에 대해 많은 분들이 공감해 주셔서 기쁜 마음으로 유럽여행 시리즈 '파리'편을 완성할 수 있었어요. 다음 편은 또 어떤 도시가 나올지 기대해 주세요.

부 록

짐 싸기 체크리스트
파리 여행지도 QR맵

짐 싸기 체크리스트

서류		
서류	여권(+사본)	
	여권사진	
	항공권(왕복)	√
	가족관계증명서(영문)	
	숙소예약확인서	
	입장권/투어 예약확인서	
	해외사용카드	
	(트래블월렛, 컨택리스카드)	
기타	로밍/유심/이심	
	충전기(휴대폰/노트북 등)	
	보조배터리	
	전기플러그/멀티탭	
	화장품(로션/UV차단제/	
	마스크팩/비비크림 등)	
	클렌징	
	샴푸/트리트먼트/머리빗	
	칫솔/치약	
	휴지/물티슈/위생용품/손소독제	
	상비약(진통제/해열제/감기약/	
	소화제/지사제/연고/밴드 등)	
	영양제/비타민	
	텀블러/얼음트레이	
	돗자리	

의류신발		
의류신발	계절 의류	
	속옷	
	양말	
	잠옷	
	운동화	
	샌들/크록스	
	우비/우산	
	모자	
	선글라스	
	크로스백	
	백팩	
	일회용슬리퍼	
아이학습	학습지/학습기	
	수첩+필기도구	
음식	즉석밥, 누룽지	
	라면, 컵라면	
	반찬(캔김치, 김 등)	

지베르니

물랑루즈

사크레쾨르 대성당

아클리마따시옹 한국정원

루이비통 재단 미술관

개선문

갤러리.라파에트

오페라 가르니에

파리시립 현대미술관

MUSEUM

샹젤리제

몽생미셸

MUSEUM

오랑주리 미술관

팔레드도쿄

프티팔레

콩코드 광장

오르세 미술관

트로카데로

앵발리드

로댕미술관

에펠탑

르봉 마르세

베르사유 궁전

방브 벼룩시장

생투앙 벼룩시장

오베르쉬르 우아즈
고흐마을

반고흐의집

디즈니랜드
파리

라발레빌리지
아울렛

루브르
박물관

피카소미술관

퐁피두센터

베르갈랑

루이비통카페

파리 시청

바스티유
광장

생샤펠

노트르담 대성당

뤽상부르 공원

팡테옹

몽파르나스타워

Bonjour

지하철   RER   버스